藤本和子

新装版

# ペルーからきた私の娘

晶文社

装画　後藤美月
装丁　名久井直子

# ペルーからきた私の娘　目次

## 鯨が生んだ鱒

# ペルーからきた私の娘

## 一月七日

ヤエルはほっそりした長いからだをして、わたしたちのところへきた。生まれて三日目だった。金曜日の朝五時に、三千五百グラムの体重で生まれた。十二月二十一日。

生まれたてのみどり児はまるまると肥ってはおらず、手や脚に多くの皺がある。見えないはずの目を大きく見開いて、じっとある一点に焦点を合わせているように見えたりする。それがひどく真剣なまなざしで、「これからはあなたもまじめに生きるんですよ」と、わたしに伝えようとしているのかしらと思ってしまう。あたりを見まわすようなようすもする。

心理学者たちの書き記しているものによれば、この時期の乳児には自己と他者の区別もないし、「精神」と呼べるようなものもほとんどなく、あるのは本能的な要求とその充足ばかりで、世界はわずかに光と闇の区別をもつだけ、あとは膨大な渾沌の海らしい。空腹と充足と睡眠を繰り返して、昼と夜の区別もなく、深夜にも食事をする。そのようなみどり児がやがて、自己と他者の区別、大気と水の区別、昼と夜の違いなどを理解するようになるのだが、その過程について考えていたら、ふと旧約聖書の「創世記」のことが頭に浮かんだ。「創世記」は「はじめに神は天と地を創った」という文で始まるが、その地は、まだ形をなさず、虚空であり、闇が深淵をおおっていた、という。地と水の区別もなく、世界は巨大な渾沌だった。神はまず「光あれ」といったそうだが、すると光が現われた。そして「神は闇から光を区別した」とあり、光を「日」と呼び、闇を「夜」と呼ぶことにしたのだが、それが創世の仕事の第一日目の作業だった。

二日目には水と天空が区別され、三日目には水と大地が区別された。そして、四日目にはついに「時間」が存在するようになる。

ヤエルを見ながら、みどり児の完璧さに息を呑む。そして彼女がいっさいの区別を拒んでいる液体のような世界にいるらしいことを想像してみる。さらに彼女が現在の未分化の世界からゆっくりと脱出して行く、その過程が、太古に「創世記」を想像した人びとが思い描いた世界の誕生の段取りにひどく似ていることに驚くのだ。

こんなことは、もう言い古されていることに違いない。これまでは「まあ、そんなこともいえるんだろう」と軽く見過し読み過してきたことに違いない。でも、誰でも、自分が新発見したように感じてしまうのだろうか。

みどり児は生きのび生き続ける衝動に突き動かされている。空腹になると、餌をせがむ黄色い大口のつばめのひなのように、顔中が口になってしまう。そして、からだを板のように固くして泣き叫ぶ。子供をいやしんでいう言葉として餓鬼という言葉が使われるようになったのは江戸時代だろうか。それにしても、世の終りがきたとでもいわんばかりに泣き叫ぶ空腹の赤子のようすは、餓鬼道に落ちた亡者のイメージと重ならないこともなく、「子供のことを餓鬼とはよくいったものだ」などとまた感心してしまう。

未分化で区別のつかない手さぐり状態は、なにも生まれたての子に限ったことではない。こちらも、区別のつかないことばかりでおもしろい。四十歳になってはじめて子を育てることになったのだから、わたしはうら若い母親のようにおろおろしたりはしないからな、とひらきなおっている。だから、どうも見当のつけにくいことや、わけのわからなくなる場合については、まず感心したり、おもしろいと思ったりすることにしているのだ。それからおもむろに考えよう。

こちらにはわからない理由で、長い時間泣き叫んでいることがある。暗黒の呆然状態を運ぶオニの子かしらねえ、と疑ってみたりする。その泣きわめく声は永遠に続くかに思え、わたしの暮しにはこの泣き声以外にはもう何も存在しなくなった、と悲観的になると、その瞬間、泣き声は止み、固く突っぱっていた小さなからだが、やわらかくやわらかく、ただあたたかく腕の中にある、という状態がやってくる。すると、もうこんどはそのうつくしさにわたしの息は止まる。

嬰児が火がついたように泣く、というような表現は小説や芝居のト書きなどによく出てくるが、赤子はほんとに燃えるように泣く。からだを突っぱって、小さな炎と化して泣く子を抱いていれば、時間もはたりと停止して、子と親は泣き声の中に永劫に閉じこめられてしまったような錯覚があって、呆然とするのだ。

忘れてしまうのだ。あらゆることがたえず過ぎ去りつつあることを忘れてしまう。板のようにからだをこわばらせて泣くことも、また違った泣きかたに変化する、と書物にはあるし、現在まだヤエルに残っている自然な反射作用もまもなく消えてしまうらしいし、まだ胎児の感じを多く残しているからだつきや容貌も、このとうといばかりの軽さも、わたしたちがちょっと脇目をしたらもう消えていた、というようなものだろうと思う。

ところが、ヤエルがきてくれて、親になったのだという事実の内容というか、実体は、まだまだわからない。一時間でも離れていると、恋人をついうっかりどこかに置き去りにしてきたような気持になるが、この子があくまでもわたしとは別の一人の人間で、どれほど愛し合うことになろうとも、わたしたちはべつべつの人間二人として、生きてゆくのだということは知っている。わたしがわたしから流れ出し、ヤエルに融け込んで混ざってしまうことはできないように、彼女にもそれはできない。こんなことを思うのは、ヤエルがミルクを呑んで、その動作の反射作用として腸が動き始めるときだ。彼女は、痛いんだ、というような表情で何かを訴えているし、手足をバタバタ振り動かし、時には顰めっ面して、哺乳瓶の乳首に嚙みつくようにする。それをじっと抱いていると、こんなに小さな子が苦しんでいるのに、その肉体の苦痛を代ってやれないことはひどく不条理に感じられる。

不条理だなあ、という不満は、しかしある予感につながる。この子が成長してゆく過程に待っている心の苦しみやたたかいの多くを、彼女はやはり自力で生きぬかなければならない。親がどれほど助けようともがき、手を差しのべても、一人一人の子供が自分でしか生きぬけないことがたくさんあるのだから。胎内のあたたかさをあとにして生まれ出てきたときに、それははじまってしまった。わたしたちにしてやれることは、いったい何だろうか。

いうまでもなく、生みの親に育てられる子供たちも、自己を見出し、獲得してゆくプロセスを通りぬけておとなになる。ヤエルは、そういう自然のプロセスに、また一つ、ある意味では人工的に加えられた条件を統合し、おとなになってゆかなければならない。そのとき、わたしたちにできることは何か。

わたしたちが与えることのできることは、おそらくヤエルがわたしたちに与えてくれることより小さい。たよりなげな、これほどまだほっそりとしたこの存在が、すでに測り知れないほどの重さを意味することになる予兆。

母親になることについて、あなたはどのような期待と不安があるのか、いかなる抱負と展望をもっているのか、とさまざまな人々が問うた。期待ですか？　不安ですか？　抱負と展望ねえ……とわたしは口ごもった。子をもつことは、わたしには未踏の領域だったから、何ともいえないのだ、と答えた。それはわたしですら触れたことのないわたしのある部分を開いてみることなのだから、鬼が出ますか、蛇が出ますか、というわけだった。そんなことで親になれますかね？　という怪訝な表情に気づかないようなふりをした。

わたしはまっさらでいたかったのだと思う。わたしはわたしたちが迎えることとになる幼い子が、わたしたちを導くのだと思っていたし、会いもしないうちから、期待や展望を抱くのも、その子にとっては迷惑に違いないと感じていた。どのような親になりたいのか深く考えもせず親になるのは愚かなのかもしれないが、オヤ、オヤといったって、相手のあることですからねえ、と思わずにはいられなかった。迎えることになる幼な子の性別も年齢も皮膚の色も、その時にならなければわからないことになっていた。子供の部屋の家具や飾りつけの準備もできなかったし、衣類も、どの年齢でも性別でも間に合うような物を用意することになった。ということは、あいまいな色彩の物で、のびたり縮んだりする物ということ。ヤエルは生まれたばかりのからだに、ぶかぶかの服を着ていることが多い。大は小を兼ねる、とはいうものの、やや気の毒だ。あわれんで、リマで知り合いになった若い夫婦が自分たちの娘が着て小さくなってしまった物だといって、上等な服などを分けてくれた。その上質のぴったりした衣類を着けると、ヤエルさん、きりりとします。

ペルーに到着した翌朝、まだ旅の疲労と睡眠不足をからだにつけたまま、夫とわたしは弁護士に連れられて公立の産科病院へ向かった。ヤエルに会いに行くためではなく、ひとりのソシャルワーカーに会うためだった。弁護士の車が植民地時代にできた古い街並に入る。細い路地をいくつか通り抜け、車を半分歩道に乗り上げて、弁護士は駐車する。往き交う人々、古い街のにおい。夏のきつい陽ざしに、頭がジリジリしてくるのがわかる。埃と雑踏。露店の間を縫うように歩き抜けて、早足に行ってしまう弁護士を追う。

病院の玄関では大勢のおとなや子供が何かを待っている。ここは貧しい人々のための病院だよ、と弁護士がいう。産婦は二人で一つの寝台を分け合って使うのだし、赤子たちは襁褓《おむつ》もなく、布に包まれているんだという。中に入ると、日本の古い大学病院などがかつてそうだったように、病院はコンクリートの冷い感触と、固さと、天井の暗鬱《あんうつ》をもってわたしたちを迎えた。名づけることもできないような不安が襲う。そこにいることが不安をおびき寄せてしまうのだった。

その不安は、奇妙なことだが、いま自分の死に向かって進んでいる、というような気分に似ていた。ある終末が近づいているのだという予感がわたしに飛びつき、そのままましがみついていた。けれどもそれは、その時まで子をもたずにきたことが与えてくれた自由をいよいよ失うことになる、という不安ではなかった。そのことなら充分に考えてきたと思うし、もともと子をもたないことにまつわる自由についても、わたしはあまり幻想をもつことができなかったのだから。

混雑する病院の廊下を進みながら、ときどきわたしはよろけたりするので、それはあまりにも明るい戸外からこんなに暗い建物に入ったせいだわ、と自分に向かって弁護してみる。しばらくあって、児童福祉員のいる事務所の受け付け窓の前に立っていたわたしは森崎和江さんの書かれた文章のある一部を突然思い出した。それは『産小屋《うぶごや》日記』の「女の性と家族」という章にあるのだが、一節は「男の性と情念には母胎回帰の願望が感じられます。生まれるまえの、つまりは死のような生前への情念を、母胎征服と表裏一体にもっているように思われます」というもの。そして、もう一節はこの文章から半ページほど先へいったところにあって、

　さて、次にトヨタマヒメの話です。つまり産むことにまつわる話です。先のタマヨリヒメの話も女の性としてみるなら、男を欲しがるというよりも胎児願望ということになります。この二つの話はひとつにして、胎児をはらむ前とはらんでいる時とそして出産前後という、気の遠くなるほど続いている女の性の情念と生理とを物語っているともいえます。男の性の情念が、あたらしいいのちを生むということよりも、生まれたおのれ自身の完結へと燃焼していくのに対して、女のそれは、生まれたおのれをこわしてあらたないのちを得ようと燃えていき、産み終えてようやく性の欲情が完結する、つまり生まれたおのれの破壊と再生とをふくみます。男も女も先験的な記憶とはこんなものかと思うような、ぼうばくとした誕生のときの感覚をもっていますが、出産は、その感覚のなかを他者が追いあげ打ちこわしてくるような感じで、出産前の女の誕生感覚は子産みのとき死にます。

　男も女も性の情念のなかに、生まれた自分の死滅をひそませ、それがたがいにこのようにまるで異質にみえることは、男と女とを近くて遠い存在にさせています。

わたしはおのれのからだを通して子を産みはしなかったのだから、「産み終えてようやく性の欲情が完結する」という具合にはいかない。と、すれば、回路の故障のせいで欲情は完結へは向かえぬまま、どこかでショートするのか？　もうそうだとすれば、欲情とその完結を「産む」というところまでの過程全体としてとらえる森崎さんの考えを、こんなに長く引用するのはへんかもしれない。へんといえば、リマの病院で、この一節を思い出していたことが、だいたいへんなのだろう。

ところがやはり奇異なのは、わたしがたしかにある種の死滅を予感していたこと、しかも、そのような予感への動揺は「生活《くらし》が変ってしまうぞ！」というようなものに根ざしていたわけではなく、どうも誕生と死が表と裏になっている「なにごと」かに、いま自分は向かいつつある、と天啓のごとく感じたことだった。

おのれの胎内に育ったいのちではなく、全くの他人である一人の女性からいのちを受けた子を育てていくことが、象徴的に死と生の連環をたどることにとどまらず、情念や生理を揺り動かすのだろうか。子がいて「しあわせ」とか「満たされます」というようなことをいおうとしているのではない。わたしがこだわっているのは、あの病院の廊下でばったり出合った死滅の予兆のことなのだ。それは「生まれたおのれをこわしてあらたないのちを得る」ということが、そのような作用が生理と情念を通して行われていない場合でさえ、すなわち、「自然」として起こる作用ではない場合でさえも、人間はあたらしいいのちを迎えようとすることにおいて、いちど生まれた自分の死滅を体験するのだ、という直観のようなものだった。自らの肉体から産むという自然の生理を通過しなければ、そんなふうな、自己がいちどにこわれるという感覚は起こり得ないと誰かに断言されてしまえば、わたしは引き退るかもしれない。「わたし」「わたし」といっていた者が懐妊と出産という肉体の変質の過程を経ることで、その単数の一人称を複数に変えなければならないと感じるとしたら、たしかにそのような契機はわたしの体験からは脱落していることになる。それでもなお、やがて間もなく始まるあたらしいいのちとの共同生活が持つ意味の中には、それまでの自分がどこかで死ぬだろうという予感があったこともたしかなのである。しかもそれはかつてどのような体験の中でも目撃したことのないような、全く新たな「こわれ」かたになるだろう——。

そして、ヤエルという名の、うつくしい女のみどり子がやってきた。わたしたちが待っていたのは、このヤエルだったのか。ほっそりと、そしてひっそりと眠っているところへ連れていかれて、はじめて会った。世界にポイと放り出されてしまった、というようにいた。それでもからだを丸めず、すっかりのばして仰向けに眠っていた。わたしは何といってよいかわからず、「鼻が立派です」といった。父親になった男は、弁護士の家に集まってきた人々が「お祝いだ！　お祝いだ！」といって次々にすすめるピスコサワーという地酒のカクテルを呑んで酔っていた。とりたてておろおろすることもない、ということか、それともすっかりおろおろしているからこそがらにもなく酔っているのか。にこにこして、ぺぺというひとと握手ばかりしている。わたしがしっかりしなくちゃ駄目なのだ、とわたしは思ったが、ヤエルは喧噪をよそに音もたてずに眠り続けた。

一月十日

うつくしい、うつくしいと見とれているうちに、ヤエルはもう生後二十日になって、体重も二週間前の三・五キロから三・七六キロになった。身長も二センチのびた（これは正しいだろうか。バタバタする赤児の身長を測るとき、どれほど正確に測れるものだろうか）

まだ手のひらにおさまってしまいそうな寸法だが、それも永久には続かないのだ、ということがわたしにはよく理解できていない。ヤエルの甘い匂いと官能的なやわらかさにわたしがぼんやり酔ったようになっている光景をさっさと置き去りにして、彼女はあっという間に大きくなってしまうだろう。「世界革命子供連盟」を早くも組織し結成し、わたしに対し、自己批判しろと迫る日だって、すぐにやってくる。育てるのはわたしたちではなく、彼女がわたしたちを育てるのだろう。うまく育てたか、下手に育てたかというような一方的なベクトルでエネルギーが作用するわけではなく、この子が同時にわたしの世界を衝き動かしていくことになる。

わたしはヤエルを所有してはいない。あずかっている。この子を生んだ母親から、その母親にヤエルを生ませることになった「力」から、あずかっている。そしてそれも永遠に続くわけではない。過ぎていく一瞬一瞬は偶然にめぐり合ったようなわたしたちが借りている時間から差し引かれる一瞬一瞬だ。ぼんやりしてはいられない、と急に背筋をのばしてみたりする。

夫の母は第二次世界大戦で二人しかいなかった弟たちを二人ともなくした。一人はサイパンで死に、もう一人はオランダで捕虜となったが、ユダヤ人だとわかると射殺された（同時に捕虜となった部隊の人々は復員してきた）。母はその後両親に対する責任を三人分背負うような気持で、はりつめて生きてきたひとだ。そして若い弟たちの死はいつしか、若い青年が二十歳をこえて生きのびることはありえないと彼女に信じこませるようになっていたから、三人の男の子を生んだ母はその子供たちもやはり二十歳をこえて生きのびはしない、と感じながら、育てた。わたしが何かの拍子に「子を育てる」という言葉を口にしたとき、彼女は「わたしは子供たちを育てている、というふうに考えたことはなかったのよ。ただ、いまは子供たちがいる、というふうに感じていたのね」といった。やがておとなになってくれることを目ざして「育てる」ということではなく、ともかく生きているうちにできるだけ多くのことを経験させてやりたいとばかり考えていたと。「育てる」という言葉にはずっと地平線の向こうまでのびている時間や、育てるという「仕事」の結果や効果を含むようなイメージがあるが、彼女は三人の息子たちの時間をそのように想像していなかったから、未来への使命を暗示する「育てる」という言葉も、ふさわしいと思えなかったのだろう。

　いうまでもないことだが、だから彼女は子供たちを刹那主義で育てたわけでもないし、放任しわがままを許して育てたわけでもなかった。彼女のいう「できるだけ多くのことを経験させる」には、こころざし高くこの世の人々を愛することも、しっかりした倫理感や価値観を身につけることも、世界のずっと遠くを見はるかすようにして暮しなさいなどということも含まれていた。三人の息子たちが世界のあちこちに散っていたある年、空になった家の中で、彼女は三人の青年がそれぞれ二十歳をこえて生きのびたことに突然気づいた。「なぜ三人ともいなくなったのでしょう？」という問に、息子たちは「おのれの地平を広げよ」といったのはかあさんじゃないか！　と口を揃えて答えたのだが、「こんなことになるはずじゃなかった」ともいえず、おまえたちは生きのびたのだね、という発見が、それからの彼女をさまざまに動かすことになる。

いずれにしても、母は〈借りた〉時間の中で子供とともにあった。少なくとも彼女はそう感じていた。わたしがヤエルをあずかっていると感じることには、ヤエルとともにある時間について、やはり似たような色づけをする。ヤエルがきてわずか（あるいは、もう）二十日目なのに、わたしはやがて訪れる別れのことなど考えてみたりして、そしてもう悲しくなっているのだ。

一月十一日

ミルクをたくさん呑んだのに泣きわめいている。彼女はニャオニャオとは泣かない。ワッワッと泣く。あまり泣くから今夜はスナグリに入れて夜半一時間もサントス夫人（宿主）の居間を歩きまわった。スナグリは背負い袋のようなものだが、子供がまだ小さい時にはそれを胸の前に下げるようにデザインしてある。

スナグリに入れてやっても、まだ泣いている。からだをつっぱって。月の明りが庭からさしこんで、ヤエルの顔にあたる。大きく目を見開いている細おもてが栗鼠《りす》のように見えた。

ヤエルがきて夜もあまり眠れなくなった。三、四時間おきにミルクを呑むし、ときにはミルクを呑みながら二時間も三時間も泣いていることもある。おなかが張って痛いのか、神経が昂ってつらいのか。スポックなどの本を調べれば、そのどちらでもありうる。

ひょいと映画を観にいくこともできなくなったし、親切な日系の人々に海へいきましょうと誘われても、ヤエルには陽ざしが強すぎるのでことわる。ことわることが続く生活になった。

　くらしは変ったか？

　ヤエルが到着したその夜は、はじめてのことばかりだったからあまり眠れなかった。翌朝、眠く重い頭で、ベッドに腰かけていたわたしは、やはりそこにいるのはわたしであることに気づいた。やや意外だった。派手に真中の窪んだベッドに腰かけてブラブラさせているのは、なんだ、昨日までのわたしだった。

　わたしは子がきてくれることで、世界が土砂崩れを起こすとでも思っていたのだろうか。古ぼけた、馴れ親しんだ自分もかき消えて見えなくなる大異変を予想していたのだろうか。

　眠い頭の重いわたしがそれまでのわたしに酷似していることに、わたしはどこかでほっとしている。

## 一月十七日

文化人類学の研究者である二人の北アメリカ出身の女性を経由して、ペルー女性解放運動の指導者とされている女性に会うことになった。ヤエルを誰かにあずけて、夫のデイヴィッドとわたしの二人でいくか、ヤエルとデイヴィッドが留守番して、わたし一人でいくか。いろいろ考えたが、ヤエルをスナグリに入れて、三人で出かけることにした。昨夕のこと。

アナ・マリア・ポルトガル。彼女は以前はおもにジャーナリストとして仕事をしていた。軍事政権になって書けなくなって、現在はペルー文化庁で文化企画部の部長をしている。著書に『女としてペルーに生きる』という聞書集がある。聞書の対象になっているのは主婦、メイド、娼婦、秘書、モデル、工場労働者、専門職を持つ女性などである。とても読みたいのに、スペイン語が読めないので読めない。

聞いていた所番地をたずねていくと、それは町の真中だった。目抜き通りからちょっと横丁に入ったところに、フェミニスト書店があって、その中に運動の事務所がある。ポルトガルは週に二度そこへいって仲間と討論したり運動の計画を立てたりする。そこへきなさい、ということになったのは、わたしたちがスペイン語で話をすることができないので、そこなら英語のできる女性が二人くるから通訳してもらえる、という理由からだった。他の活動家たちの話も聞けるし、ということもあった。

日が暮れかかる頃、デイヴィッドとわたしとヤエルの三人は所番地を書いた紙を眺めながらリマの町を歩いていた。このあたりではないかといい合っていたら、「あのう、グッドマンさんたちじゃありませんか」と後から追いかけてきた女性がいて、「アナ・マリアに会いにきたのでしょう?」という。五十歳くらいのひとで、「わたしの名はローズ・ティモシイ」といった。北米出身の尼さんだとわかった。自分では尼さんだといわなかったが、あとで彼女の話を総合してみたら、そうとわかった。

ローズ・ティモシイに案内されて古い建物の一階にある事務所に入る。書物もあるが、「模索舎」のようにパンフやチラシなどもたくさん置いてある。入って右手に細長い部屋があって、そこへ案内された。

ひどく陰険な目付をした、白い顔の女性が脚を組んで、サングラスの蔓を噛みながら、五、六人の女たちがチラシをせっせと折っているのも手伝わず、戸口の方を眺めていた。「あたしはこういう者よ」といって名刺をくれたが、それによると、ベス・ミラーという名で彼女は南カリフォルニア大学の助教授だった。「あたしはラテン・アメリカについての専門家で、フェミニストよ」と彼女はいった。不吉な予感がした。

英語を喋る二人とは北アメリカの女性二人のことだったのか、とわたしはそこではじめて気がついたのだ。

ベス・ミラーは「通訳してあげるけどね、あたしすぐいかなくちゃならないから、質問は、一つ二つにしておきなさい」といった。わざわざ赤子を連れて遠いところをきたんだ、質問は一つ二つにしておけとは何事かと、かっとして、「一つ、二つとは何事か」といってやった。すると「一つ、二つ、とは、モノノタトエというものよ」と、さげすむようにいう。みだらといえるほど、態度が悪い。毒ガスのように、陰鬱《いんうつ》な気体を発散している。

ポルトガルも着いた。ベスに通訳してもらうから、さあ質問してください、という。質問、質問というけど、わたしは面会記事を書くためにポルトガルに会いにいったわけではなかった。同時代の女として、話を聞いたり、考えを交換してみたりしたいと思っていったのだった。でも、いい。質問ということで始めるのがよいのなら、それでもいいと思って、「女性問題、とわたしたちは一言でいいがちだが、女たちの歴史に属している精神の遺産やゆたかさが表現の機会をもたぬままきてしまっていることを忘れてはつまらないと思う。言葉をもたぬまま、それでも綿綿と受け継がれてきた世界に触れぬまま、史上はじめて目を覚ましたのがわたしたちだといわぬばかりに、過去に向かって特権的になってしまうのは傲慢だとも思える」と、そこまでいったら、ベス・ミラーは「で、質問はなにさ?」と口をさしはさんだ。失礼な人というのはどこにでもいるが、これほど気品を欠くひとも珍しい。質問はいいますが、どうしてこのような質問をするのかちゃんとわかってもらいたいから説明しているのだとわたしは答え、説明を続け、ペルーでは、これまでの女たちの無言の世界を、どう掘り起こそうとしているのか話してもらいたいといった。ベス・ミラーはそれまでにわたしがいったことの二十分の一ぐらいの長さにして、「××××とかいってるのよ」というような調子で伝えて、ケッケッケッと笑った。

こんなことじゃ話をしたって無駄だと思いはじめたが、アナ・マリアはごく好意的にかつ真面目に答えようとする。彼女は「ペルーにはさまざまな文化が存在し、人種も色々あります。けれども、すべてに共通しているのは、どのグループの女たちも父権制による抑圧に苦しんできたということです。女たちが抑圧を受けているのはヨーロッパ人のせいではないのです。ペルーの女性解放運動は家父長制と階級社会を相手にたたかわねばならないのです。経済的に、社会的に、性的に、階級的に、人種的に平等を得てはじめて、女たちは自由になれるのです。女たちはこれまで社会的貢献をしなかったから、権利を否定されてきました。これからは社会的貢献をできる立場を獲得することによって、自由になれるのです。それにはまず、女たちが意識を持つようにならなければなりません」といった。ベス・ミラーはそこまで通訳すると、「あたしはもうこれでいかなくちゃならないから」といって席を立った。そのあとはローズ・ティモシイが通訳してくれるというので、彼女の用事がすむのを待っていた。ヤエルが泣きはじめた。食事の時間なのだ。デイヴィッドは胸の前に下げたスナグリからヤエルを出して、ミルクを作り、呑ませはじめた。ローズ・ティモシイがやってきて、ポルトガルとの話がふたたび開始される頃、ヤエルはチューチューと大きな音を立ててミルクを呑んでいた。事務所の中はむし暑い。ヤエルのひたいに汗が浮かび、髪の毛もぬれていた。

ポルトガルはペルーの女性解放運動はラテン・アメリカに共通のフェミニスト社会主義に基づき、それにペルー的特質を加えたもの、と定義した。女たちが女性についての神話を打ち破ること、その面でどの程度成功するかによって、女たちがその特質を発揮できるようになる度合もきまってくるとも説明した。女性の特質が社会において発揮できる時がくれば、社会全体が変るだろう。女の特質とはどういうことを指しているのだろうかとたずねると、女は非攻撃的、非人種差別的、非階層的である、抑圧されているかぎり、これらの特質は女性の問題として表われるが、平等が実現すれば、これらは社会に貢献する要素として作用するだろう、ということだった。

女の歴史を家父長制と階級制による抑圧のそれとしてとらえることが全く誤りだとはいわないけれど、それが女の歴史の全体をとらえきれるとも思えない。女たちには「被抑圧者」というアイデンティティだけしか許さないのか。女たちの生の軌跡そのものからひろい上げることのできるものはないと思うのか。言葉にせぬまま、彼女らが残していった遺産、いとなみにかくされたたからものは？

交替したローズ・ティモシイは質問を通訳しないで自分で答えてしまう――「女たちのいとなみは社会的功績として記録されたことがない。女たちの貢献は歴史に記されたことがない。女たちはやはりこれまで何もしなかった」などという。

アナ・マリア・ポルトガルは女が母親になることについても、これまで、そのすべての様相は伝統によって支配されてきた、と語った。習慣、教育、宗教などを通して、女たちは子供の時から母になる準備をさせられ、伝統の中に閉じこめられてしまうと。女の自己表現は、母になるという唯一の役目の中においてのみ可能で、しかもこの役目は犠牲だけを要求する。女たちが母という役割、この伝統的な役割について疑問を投げかけるようになってはじめて、母になるかならないかは、自由意志による選択の問題になるだろう。選び取られたものとしての母性は押しつけられたものとしてのそれより価値は高く、それは女が社会的な活動に参加する能力を限定することはないはずだ、と彼女はいった。これまでは母親になることのみが女たちに許された唯一の道だった、と。

カトリックがスペインからやってきたことについてどう思うかとたずねると、それこそがかくのごとき惨憺たる結果を招いた大原因なのだといった。女たちの受身な態度や宿命観はカトリックのイデオロギーがもたらしたものなのだから、と。

彼女は「ペルー文化の根なし性」という言葉を使った。インカ以前の、そしてインカ王国の残していった文化は食物、言語、衣裳などという形で、ペルーの文化に非本質的な特色を与えているにすぎないとのべた。

ここまでくると、もうどのような質問もすでに答が予想できるような状態になってしまい、ひどく不毛な感じがした。それはきっとわたしのたずねかたに欠点があるのだと思って、質問の性格や角度も変えてみたがだめだった。すべての答は、女たちの過去は痛ましくおぞましいもので、女たちはなにかをつくる機会を与えられたことはかつて一度もなかったし、事実女たちはたいしたものはつくらなかったし、女たちの顔はすべて被抑圧者のそれであり、まず経済的・社会的抑圧を取り除くことが急がれる仕事である、という方角を指し示していた。女という言葉が示すものは、すべて自明のものと考えられているようだった。また女の歴史には世界的に画一的にして普遍的なパターンしかないという思想を揺すぶることはできなかった。

　ペルーの中でさえも、女たちの歴史は画一的ではない。インカ王国までの伝統をスペイン征服以後の時代にも継承してきたインディオの村々の女たちは、スペイン系の白人種の女たちとは本質的に異なるくらしのいとなみを続けてきた。経済的・社会的な面から見ても、彼女らはずっと辣腕の商売人、すぐれた牧畜家などであったし、彼女らが受け継いだ遺産はたとえ結婚しても、それが夫の家の財産になってしまうようなこともない。そういう彼女らが抑圧から自由で無縁であったなどとは思わない。悲惨や不自由はいくらでもあっただろう。ただそうしたくらしの日常を通して、きっと彼女らは起動力のある思想を生みだしていったに違いない。そのような女たちの、文字による記録などには残っていない種類の想像力と創造のあとを掘り起こすのは徒労にすぎないのか。

アナ・マリア・ポルトガルは「根なし文化」とペルー人の文化を形容した。彼女はメスティーゾ、すなわちインディオと白人種の混血だが、その彼女にとってペルーに土着の文化をつくってきた人々の影響は、食物、言語、衣裳などに現われてはいるが、それらは「非本質的な」ものにすぎないという。そして中世文化として流入してきたスペイン文化を、ペルーの本流の文化と呼ぶことも彼女にはできない。現在あるものは根をもたぬ混合文化というわけだが、ほんとに根がないのか、それとも彼女が根を切ってしまうのがよいと願望しているのか?

そうであるとしても、せっかちに彼女を教条主義者ときめつけるわけにはいかない。彼女が動かそうとしているフェミニズム運動は軍事政権下における運動であることを忘れてはならない。思想的にもわたしたち日本人の女たちのほうがぜいたくに馴れているにちがいない。おそらく、わたしなどが考えてみるべきは、彼女の語る言葉のあれこれを取沙汰することでなく、彼女が語らない部分について知り理解するにはどうしたらよいのかということなのだ。

アナ・マリアは終始こころよく語ってくれた。北アメリカの二人は悪夢だったが、あの二人はおのれの戯画を演じてみせる女たちなのだろう。

ヤエルも早い時期に女性解放の運動家に会えてよかった。ミルクを呑み終った彼女はすぐに顔をまっかにして大量のウンチをした。あっぱれなあかんぼうではないか。おむつを替え、事務所の女の人たちにも別れを告げて外へ出ると、もうすっかり暗くなっていた。出たとたん、デイヴィッドが歩道のまん中に口を開けていた下水口にはまった。

**一月二十三日**

ヤエルは一昨日で生後一ヵ月になった。スポックの本には、新生児は四週間たって、もし体重が九ポンド以上になっていれば、自然に午前二時の授乳を止めるようになるとあるが、彼女はなんとその通り、四週間目に突然二時の食事をしないで、朝五時まで眠り続けた。時間は多少変化するが、基本的にはそういうふうになっている。ただこの頃は夕方の六時から九時の間には、泣いて騒いだり、ぐずぐずいったりしている。どんなことをしても静かにならない。ぐずぐずいっているのは、やがて空腹につながり「食べたい」と大騒ぎになる。八時半頃まで歌など歌ってだまし、九時前には妥協してミルクを呑ませる。するとそのまま朝まで眠ってしまう。四時か五時まで。時計仕掛けのように四時間毎に朝も昼も夜もよくミルクを呑んでいたことからこのように変るのは大したことではないか。ヤエルにも夜というものが存在するようになったのだ。夕方になって泣いたり騒いだりすることは、アンナ・フロイドのいう人格の崩壊ということらしい。一日の活動、さまざまな刺激と緊張などで、ついにもちこたえられなくなって、神経が爆発するのだ。人格が空中分解してしまう。このような状態になるのは夕方が多いらしいが、真夜中にそうなる子供もいる。四ヵ月目ぐらいになると、緊張している自分、疲労した自分をいくつかの方法で自らなだめることができるようになるという。泣いたり、足で空や寝具を蹴ったり、からだを揺すったりすることで自らのこころの安定を再び獲得するのである。それができない場合は、嬰児の精神がどこか円滑に作用していないという可能性があって、それを早いうちに発見しないといけない。治療さえも必要になることがあるという。

赤い色がわかるらしい。「クスコ・チョコレート」の真紅の包み紙に目の焦点が合うと、じっと見ている。紙をゆっくり動かすと、それを追う。ガラガラの人形の赤い三角帽子にも同じように反応し、ガラガラいう音の音源をつきとめようとするみたいに首をまわす。

医師はもうジュースを呑ませなさい、という。グラナディーアという果物を真中から二つに割って、その種子だらけの果肉からジュースを絞るのだ。身長は五十五センチになって、体重も四・三五キロになった。手足の皺も消えた。でもデイヴィッドの肩にのってゲップをしているうしろ姿はやはり小さい。昆虫が大男にのっかっているみたい。大きなおとなのベッドの上に寝かせると、ベッドカバーのしみのよう。けれども胎児っぽさはしだいに消えていく。

デイヴィッドがいうには、一昨日の朝ミルクを呑ませていたら、ほんとに本気で笑ったそうなのだ。

うつくしいこども。天のヤエル。わたしは彼女と一緒の部屋に寝ているのに彼女の夢を見る。指のあいだからこぼれ落ちる砂の速さで、生まれたての赤子に特有の様子がこぼれ、消えていく。彼女を養女として迎えるための手続きというのが大変こみいっていて、馬鹿馬鹿しいほど長引いているが、そのおかげでわたしたちはこうして仕事もせず、ヤエルの世話だけしていればよいという暮しだ。これほど近々とこの子が最初の一月を生きのびるのを見られたことは、幸運なのだ。

ひと月の誕生日がきて、よくがんばったね、とわたしはヤエルにいった。生後三日目、初めて会ったとき、小さな寝台にひっそりと眠っていたあなたには、この世にポイと投げ出されてしまった痛々しさがあったけれど、それでも不思議な気品と深い静けさをただよわせていたあなたは、あの時すでにたぐいまれな生命力と勇気をあらわしていたと、わたしは思う。こうして一月たって、やはり、よくがんばったね、といいたい。

いま午後四時半。明るい陽ざしに家並みも道路もまっ白に見える。窓の外で、日本のお豆腐屋さんのと同じ音の小さなチャルメラが鳴っている。あれはアイスクリーム屋。ドノフリヨというおいしい製品。

この住宅街には色々な物売りがまわってくる。リヤカーを引いて。箒を売る人、プラスチックのバケツや桶を売る人。十歳ぐらいの男の子がやはり笛を吹いて「ナイフや庖丁とぎます」とまわってくることもあるし、「空ビン、空ビン、空ビンと古新聞はないかね」と親子でリヤカーを押してくる声も聞こえる。空ビン買いの男の人と道ですれ違ったことがあるが、彼はわたしのすぐ近くにくるまでは「空ビン、空ビン、空ビーン！」と大声で叫んでいたが、すれ違う瞬間には、声を小さく低くして「空ビン、空ビン」といった。

**一月二十八日**

ヤエルのからだがさらに丸味を増してきた。抱く腕にかかる重みが日毎に変化する。笑っているあなた。

わたしたちの肉体を通して生まれてきたのではないあなたは、世間の言葉でいう「実の子」の代用人間ではない。おのれが生むことができないから、その代りに、いわば次善のこと、自然に裏切られた妥協として養子というものを考えて、よそから子供を迎える人々は、やがてそのような姿勢がまちがいだと気づくだろう。親類どうしでの養子縁組でもないかぎり、おさな子が家族に加わるその道筋には多くの偶然が絡んでいる。偶然と運命にあやつられてやってくるおさな子のいのちのとうとさや脆さを、偶然に親となった者たちは畏れと驚きにみちて腕に抱く。生んでくれた母親から引き離されてやってきたあなたの小さなからだの不思議と完璧さは、当然のこととしてあるより、生みの母親の偉業として、また一つの奇蹟として感じられる。小さなあなたとの生活はあなたとあなたをあらしめた力への敬意とともに始動する。こういう感じかたはなにも養母養父となった人々に限られたことではないかもしれない。おのれの肉体をとおして子を産んだ母親たちもきっと、自らの肉体を超えたある「力」に支配され動かされていることとを考えるにちがいない。だから養い親となる人々のほうがこの世に新しいいのちをもたらす力に対してより謙虚であり、より敬虔だと言い張るつもりはないのだが、決定的な違いは、養い親となった人々はけっして子をおのれの分身と思うことがないということで、そのことはもしかしたら子を一人の人間として考える態度にひそかな差違をもたらすかもしれない。

養い親となった女と男も、つれあいとなって一緒に暮すまでは他人どうしだった。それがチームのようになってずっと暮してきた。そしてまた新たに、小さなあなたがよそからやってきてチームに加わり、三人の共同の暮しが始まる。それが仮に家族と呼ばれているわけだけれど、それにしても、もともと何も関係のなかった三人が、なにもかも分け合って一緒に暮すことになるという不思議さはどうだ。しかもこの三人ときたら、生まれたくにまでそれぞれ違う。三人は三つの異なる旅券を持って旅をする。

あなたがわたしたちを導く。生まれてもいなかったあなたがわたしたちをペルーによびよせ、クスコへ連れていった。スペインに征服され欺かれ踏みにじられたインディアンたちの歴史をのぞかせる。今もまだ息をしている彼らの文化をのぞかせる。あなたに導かれわたしたちは、みごとな織物やたくみに作られた昔の陶器を見るようになる。あなたに導かれ、ケチュア語をいくつか習う。市場で布を買う。目も開かぬあなたがわたしたちにはりついたような貧民街を見せる。あなたはまだあまりにも小さいので、高地や密林へ入ることはできないが、あなたが旅のできる年齢になったら、わたしたちは雨期の密林へ行ってみることだろう。それはわずか数年先のことかもしれないし、あるいはあなたが十代の娘になる頃に。

あなたがわたしたちの地平を広げる。わたしたちが育てるばかりでなく、あなたもわたしたちを育てる。

一月二十九日

あなたはわたしの胸の前に下げたスナグリにおさまって、どこへでもでかける。

よそのおばさんがくれたお古（だが、上等の）の白いピケ帽を被って、照りつけるリマの昼下りにでも、でかけていく。帽子は一歳児用のものだから、ブカブカで目もかくれてしまう。日射病にならなくていい。それに熱帯の真紅の花をつけている。ブーゲンビリアだ。誇り高きブーゲンビリアの嬰児はバスに乗る。乗客たちはあなたがすでにやさしさと気品にあふれる嬰児であることに気づかない。奇蹟がバスに乗り込んでいることに気づかない。大き目の白い帽子を被り、それに花などつけてもらったはいいが、正体もなく眠り込んでしまったただの赤ん坊にすぎない、と思っている。誰もあなたのたぐいまれな力に気づかない。あなたはすでに「民俗学考古学博物館」へもいったし、「黄金博物館」へもいった。「黄金博物館」では、金は好きではない、と大声で泣いた。下町にあるフェミストの本拠へもいった。そこではミルクを呑み、ウンチをして、歴史から掘り起こすべきことなど何もない、平等の時代がこなければ女たちは人間になれない、と女たちが話すのを聞いていた。あなたの母親、そのまた母親、そしてそのまた母親と手渡されてきたはずの無言のとうとい営みには何の意味もないのだと彼女らがいうのを聞いていた。歌のルフランのように、繰り返されたそれらの言葉。事務所を出たら外はもう暗かった。あなたを抱いていた父は一歩足を踏み出したとたん、蓋が失われて口を開けていた下水口に片足を突っ込んだ。バシャッと音がすると、尼さんが「まあ、たいへん！」といった。「便所の水ですか、これは？」とたずねると、「そうなんですよ」と答えた。父親は足から怖しい伝染病になるのではないかとこわがっているように見えた。

タクシーを止めて、わたしたち三人は「フジ」という日本料理の店へ向かった。わたしたちがビールを呑むあいだ、畳の上に重ねた座蒲団の上で、あなたはさかんに汗をかいて眠っていた。森進一の歌が流れ、やがてかすりの着物を着たペルー人のウェイトレスが「お好み定食」を運んできた。

一月三十日

手続きは遅々として進まない。それも法的に重大な障害が出てくるからというわけではない。一つには夏には裁判所をはじめすべての役所は午前八時半から午後一時までしか仕事をしないこと。八時半から一時まで廊下で待っていても、ハンコを押してもらえなければその日はもうあきらめて帰るよりしようがない。それからやたらにちょっとした手違いというのが起こること。未成年者裁判所で、いよいよ判決が出そうだというので、弁護士が念のため他の書類をあらためてみたところ、病院が発行した出生証明ではヤエルは男の子と書いてあった。弁護士はさっと青ざめ、それでも次の瞬間にはすでにこの大問題の処理にとりかかるべく活動を開始していた。半日かけてあちこち駆けまわり、最終的には証明書を作製した当の事務所で談判し、訂正してもらった。判決も出て、その判決が検事にまわされたが、検事はヤエルの足の紋についた日付けが産科病院からまわってきたものは一九七八年十二月二十一日生まれとなっているが、ペルー警察から提出されているのは、一九七九年十二月二十一日となっている、これでは病院が問題にしている赤子と、養い親になりたいと申請している夫婦が問題にしている赤子は別人だということになるのではないか、といってきた。それも病院の間違いで、「つい、うっかりしてまして」ということだった。

警察が養い親となりたいと申し出る夫婦について調査する、という規則もある。まずわたしたちはワシントンの「インターポール」から犯罪者ではないということを証明してもらったが、ペルー警察はもちろんそれでは満足しない。ペルー警察の書類をひっくり返して、はたしてわたしたちがペルーにおいて犯罪をおかしていないかどうか独自に調査した。犯罪者ではないらしい、という報告が警察から裁判官に届いた。裁判官は、刑事問題は起こしたことがないということはこれでわかるが、では民事法に触れる犯罪はどうかと自問し、早速市役所にその点について調査してほしいと依頼した。すると市役所は、市役所はそのような依頼が裁判官からきても受け付けない、問題になっている本人が写真を二葉ずつ携帯して直接出頭すべしといった。民事犯であったこともかつて一度もない、という証明書が出るには八日間はかかりますな、ということだった。でも、わたしたちの場合は、このように手違いの訂正とか、規則が変ったからああしろとか、小さなことがいくつも重なって時間がかかっているだけだ。（そしてきょうは、わたしたちの担当の女性判事の夫が二階のバルコニーで植木の手入れをしている最中に転落し、背骨がめちゃめちゃになって生きるか死ぬかで、判事が署名する予定のきょう署名できなかったから、待っているところだ。)

もっと心痛の多いケースがある。わたしたちと同じ弁護士を通して手続きをしている夫婦がもう一組いるのだが、彼らの場合は悪運続きである。判事が申請を受け、それを承認して書類を検事にまわすと、検事はノーといった。申請者は赤子が生まれたときペルーにはいなかったから、申請は無効だといった。そこでこのケースは高等裁判所の法廷にまわされた。判決までどれほどの時間がかかるかわからない。高等裁ではまず検事が全書類を検討する。なかなか答を出さない。何も返事がないまま二週間ほどたったが、内容はすべて合法とわかった、次の月曜日には署名するという知らせがあった。やれやれと思い、月曜日がくるのを待っていたのだが、月曜日の朝、検事が週末にアンコンの海岸へ遊びにいって交通事故に会ったから、きょうは署名しない、と書記が伝えた。いつ病院から出て裁判所へ出勤できるかわからないし、もししばらく休むことになるなら、代理の検事が選ばれるから、それを待つことになるということだった。わたしたちが泊っている宿の宿主であるサントス夫人もこの夫婦の滞在があまりにも長いことになるので気をもんでいる。「検事が交通事故に会いましたよ」というと、大声で「で、死んじまったの?! こりゃ大変なことに！」とあわて、「死んだわけじゃないんですけどね」と答えると、やや安心したようだった。

このように、どうなることかとあやぶまれたが、どうにか検事は水曜日に署名した。そしてこの一件が法廷の三人の裁判官の前に提出された。審理はゆっくりゆっくり進行し、それでも三人が署名する段階まで進んだ。二人の裁判官は署名したが、三人目が全然姿を現わさない。毎朝、弁護士は八時に裁判所へいき、書記の報告を待っている。それが数日続いて、まだ三人目の裁判官が姿を現わさないので調べてみたら、彼はすでに辞職していた、ということがわかった。この裁判官の弟も裁判官なのだが、その実弟がやっていた不正行為がいくつかばれてしまって彼は辞職に追い込まれたが、弟の辞職に続いて、兄も辞職した、という話だった。こんどはこの辞職した裁判官の代りをつとめる裁判官が任命されることになる。ただし、すでに署名した二人のうちの一人がやがて休暇に出るというから、そうなると、この法廷そのものが無効になって、新たに法廷が構成され、はじめから審理をしなおすことになるかもしれないという。このケースはアンドレアという女の子をめぐるもので、わたしたちがリマに到着したときには目も開いてなかったアンドレアはもう二ヵ月になって、笑ったり、おかゆのようなものを食べたりしている。はじめに用意されていた衣類もどんどん小さくなって、昨日はわたしたちの目の前で、フリルのついたおむつカバーがビリビリと破れたほどだ。

**一月三十一日**

空腹や不快を表すのにエッエッと吠えるように泣いていたヤエルが、苦情を申し立てる泣きかたとしてエーンという声を出すようになったきょう判決が出て、わたしたちが法的に養い親となる正式の許可がおりた。この先には旅券をもらい、アメリカ大使館から査証をもらうことが残っている。

ヤエルのからだの重さが増し、たよりないように軽かった数週間前の感触を、目を閉じてたぐりよせようとするのだが。笑っているあなた。丸いあなた。

泊めてもらっているサントス夫人の家の斜め向いは警察署長の家だという。うっかりカメラを向けて写真など撮ろうものなら逮捕されますぞ、といわれている。家の前には二十四時間拳銃をおびた若い警察官が立っていて警備にあたっている。ときおり彼は背中をこちらに向けている。それは彼がみずからのからだを張って警備している家の土塀に向って立ち小便をしているときなのだ。若い娘が通りかかるとかならず声をかけるが、立ち小便の最中は美しい娘が通りかかっても、土塀を見つめて沈黙している。

二月七日

アメリカ大使館が、書類は全部正式のものだし、揃ってもいる、といったので、デイヴィッドはそのひと抱えの書類を持ってマイアミの出入国管理局へ行く目的で一足先にペルーを発った。わたしとヤエルはまだペルーにいる。ヤエルの査証がおりるのを待っているのだが、マイアミの出入国管理局も大使館も、もっともっといろいろな書類がほしいと要求するので、なかなか出発できない。

スペイン語はここへくるまで一言も習ったことはなかった。ここへきてからもちゃんと勉強してないから、何もわからない。けれども、こうしてヤエルと二人きりで置き去りにされてしまい、弁護士夫婦も宿主も全く英語を解さないとなれば、しかたない、辞書を片手にわたしはスペイン語を喋るのである。喋るといったって惨憺たるものだが、口頭のやりとりでは間違いや誤解が生じるので、メモを書いて渡すことにした。動詞の活用も現在形以外はよくのみこめないから、すべての時制を現在形ですませているのである。それなのに宿のサントス夫人が「これなら大したものよ」なんて真面目な大声でいうのでいやになってしまう。

ところでこのサントス夫人のところにはお手伝いの人が居つかない。一日いて帰ってしまったりする場合が多い。口やかましすぎるのではないかしら、と思う。サントス夫人は一人きりでこの大きな家を管理するのはつらい、とこぼし、行き届かぬところがあって不満だろうがこらえてほしい、という。

先日は少年のお手伝いさんがきた。母親に連れられて。母親はこの子を総領に十五人の子供がいて、外へ出て働くことができないと話した。現在の夫は三人目なのだが、父親の違うこの子は、家にいたくないよ、というから働かせることにした、といって、息子を置いて帰った。わたしたちは少年が十二歳くらいに見えて、小さいのに驚いた。サントス夫人は「かわいそうに、栄養失調なのねえ。十七歳なのにずっと小さく見える」といった。でも翌日は「かわいそうに、この子はこんなに小柄で。十五歳にもなるというのに」といったので、少年のほんとの年齢はいまだにわからない。

サントス夫人は少年のベッドにはマットレスものせず、自動車の車体カバーを折り畳んで敷き、その上に段ボールを広げ、布きれをかぶせただけだった。

少年は日曜日、休みをもらって母親の家へ帰った。そして月曜日の早朝自転車で戻ってきた。バスで三時間もかかる道程を自転車で戻ってくるために、彼は何時に家を出たのだろうか。少年が解雇されたのは、その翌日の朝。

サントス夫人の留守中に鍵の束を見つけて、あちこちの部屋に入ってみたらしい。ちょうどサントス夫人の寝室に入っていたところを運悪く見つかって、翌朝早速叩き出されるようにして解雇された。台所からサントス夫人が大声で罵しる声が聞こえてきた。

そして昨日サントス夫人は車の登録証をはじめ、種々の重要書類がなくなっていると大騒ぎをはじめた。耳がガンガンするような大声だった。少年を紹介した女性を電話でどなりつけ、少年の実家へただちに案内しろと要求した。

午後になって、一歳半ぐらいの赤ん坊を重そうに抱いた若い女性がやってきた。「どうしてあなたがこんなにひどく叱られなければならないの?」とたずねると、「ホセ・ルイスを紹介したのはわたしなのだから」という。「ホセ・ルイスの親戚なの」ときくと、「ホセ・ルイスの母親はわたしの従姉なの」といった。その女性とサントス夫人はバスを乗り継ぎ三時間もかかる道を山の方のスラムへ向かった。夕方八時頃戻ってきたサントス夫人は、目をまっかにして、往復六時間もかかったのに、会ったら、盗みはしなかったと頑固に言い張った、と大声でいった。

「朝ごはんには、パパイヤジュースとゆで玉子とトースト三枚にバターまでつけて食べさせてやったのにだまされた！」と何度も繰り返していうのだった。「ホセ・ルイスが盗ったとまだ証明されたわけではないじゃないですか。だいいち、あなたの車の登録証や身分証明証や保険証など、彼には何の役にも立たないではありませんか」とわたしはいってみたが、サントス夫人にとっては、疑いの余地はないことらしく、あの子がやったのだという言葉を繰り返すだけだ。「でも、なぜそのように彼にとっては無用の長物をわざわざ盗ったりすると思うのですか」とたずねると、「わからない」というので、「もし、あなたのいう通りホセ・ルイスが盗んだのなら、理由はきっと、彼はあなたのことを好きになれなかったということでしょう？」というと、ひどく意外そうな表情になった。

その後一週間ほどして、ホセ・ルイスは書類や証明書を一揃い警察に渡した。彼は拷問されたのだろうか。サントス夫人のところへは相変らず誰も居つかないので、彼女は夜の十時になっても、煌々と明かりをつけて居間の家具にはたきをかけたりして掃除している。

ペルーの家事労働者たちは労働法の保護も何もなく、ひどい低賃金で働いている。月給には色々あるが、よくて八千円ぐらいというような話を聞いた。中流の家には二、三人いる。おもにインディオの女性たちで、エンプレアダと呼ばれ、メイド服を着せられている。黒い髪を長めのオカッパみたいに切って、それをうしろで結えて、新興住宅地の乾いた土や植木に水をかけている彼女たち。長いこと、立ちすくむようにして、ホースからジャージャーと水をほとばしらせている彼女たち。車で家へ帰ってきた主人や女主人は激しく警笛を鳴らして内側からガレージのドアを開けさせる。そのような人々の、エンプレアダたちに対する身振りや言葉にはひとかけらの典雅さもない。猜疑心ばかりが育ち、ふくれ上がる。中流のオクサンたちは家の中で重い鍵の束を持ち歩いている。鍵はおおむね彼女らの戸棚や抽出しのもので、シーツ、テーブルクロス、上等の食器などの戸棚には鍵がかかっている。わが家の戸棚をわざわざ鍵で開けなければならないなんて、おかしな暮し。

国民の七十五パーセント以上が貧困層といわれている。リマの町では車が赤信号で止まると、小さな男の子たちが寄ってきて、窓を拭かせろという。油ぎった布で拭いていく。ヴィクトールというカフェの前にもそのような子供たちがいたが、肥った四人組の客が食べ残したチキン・フライとじゃがいものフライを食べてもいいか、とウェイターの一人にたずねていた。「日本の、戦争のあとのことばかり思い出してる」といったら、ここへきてから知り合った友人は「おまえはそれほどの歳なのか」と感心するのだ。

もうこの国からは出られないのだ、という気持になることがある。もちろん、そんなことはありえない。雨が一切降らず、はげしく照りつける日が続く。だってここは赤道に近いのだ。何もかもまっ白に見える。「ペルー新報」という日系人の日刊新聞を見ていたら、日本はいまペルー・ブームで、吉永小百合さんが映画の撮影にくる、と書いてあった。

二月八日

ヤエルは目の覚めている時でもかならずしも泣かなくてもよいのだということを発見した。一時間半も、キョロキョロあたりを見まわしたり、声をたてたりしている。ひどく考え深そうなおももちで。赤ん坊用の籐の籠に寝ていると、とても大きく見えるが、おとなに抱かれると、まだ木に止まった蟬のようでもあって、かわいそうに、こんなに小さくてと気の毒になる。二人きりになってから、もう一週間になるが、結構しっかりやっている。ただ査証を出すはずのアメリカ大使館の領事が、存在しえない書類を要求したり、ひどく越権行為的な態度なので、なかなか出国できないのだ。妻が先に帰国して、一人で世話をしているアンドレアの父親は、彼のケースもおかしなことばかりあるので帰れないから、「みじめどうしが一番さ」などとつまらない連帯感を表明するのがとてもいやだ。こいつにはあきあきした。リマにいても、積極的に未知の人々に会おうとしないし、ペルーにも興味はないし、自分の目的がなかなか果されないので、ペルー人に対しても侮蔑感をつのらせたりしている。ただ小さな部屋にアンドレアと閉じこもっていて、外へも出ようとしない。そんなのを眺めているだけで気が滅入るので、このわたしがこいつを連れて歩かなければならない。昨日はバスに乗って、サンイシドロの公園へ引っぱっていったら、「ああ、外へ出ると気が晴れる」なんていってる。この頃は決断をする能力も低下してきて、なんでもかんでも相談する。そんなにわたしに頼るな、といいたい。ダイノオトコガナンダッ！　とわたしは思うのだ。彼の父親は職業軍人で、彼もずっとそうだった。いまは役人になっている。日本の占領時代は横浜あたりにいたらしく、その頃は日本人の女中さんが何人いた、などといってる。外国で暮した経験はいくらかあるわけだが、いつも軍の保護と特権に守られていたから、じつはアメリカ以外の場所ではちゃんと機能することすらできないのだ。一人の子供の養い親になろうとしているんじゃないか、多少時間がかかったってなんだ、休暇も使い果して月給の支払いがしばらく停止されたってなんだ、とわたしはいってやるが、ノイローゼ気味の彼はわかろうともしない。こいつの顔を見ないですむように、わたしはべつの下宿屋でも探したいほどだ。

**二月九日**

いつかは帰れるさ。

手続きの規則が始終かわるのはどうしてか、と弁護士にたずねたら、議会が機能を停止してからすでに久しく、軍政権が各省の大臣や長官らを任命し、連中もまた軍人ばかりで、気の向くままに勝手に規則を作っているのだという。中流階級は「軍事政権はよくない。彼らは共産主義者だからだ」という。軍事政権が共産主義者のようにも見えないのだが、彼らのいう意味は、政府の行った農地改革によって、農民の主体性や労働意欲が失われ、農業行政の末端にいる役人たちの腐敗ぶりは徹底しているし、以前には豊かな収穫を見た米や馬鈴薯まで輸入するばかばかしさはどうだ！　それも政府の共産主義的方針のせいだ、ということなのだ。

山岳地帯では気管支炎にかかって、小さな子供たちがどんどん死んでしまう。都市では回虫がわいて、すっかりやつれ、回虫がからだ中の穴という穴のすべてから這い出してくることがある。

クスコの日曜日の午後にデモにきた婦人たちは赤子を背負って裸足で行進していた。汚れと陽焼けの顔で笑っていた。そして、カクメイ、カクメイ、カクメイとシュプレヒコールを叫んでいた。

二月十四日

明日ペルーを発つ。

ヤエルがきてくれてから八週間、その間わたしたちは仕事もせず、ただヤエルの世話をして暮した。父親もすべて分け合って世話をした。それは天からの贈り物のような八週間だった。通常の生活なら、このようにじっとみどり子を見つめるようにして暮すことなどできないだろう。三人の共同の生活のめぐまれた出発。出発にふさわしい集約性と密度があった。

真夏のくにから、雪のくにへ。わたしたちは帰るのだが、ヤエルはいくのだ。ヤエルがわたしたちの生活に加わるようになったことは、わたしたちにとってはすばらしいことだが、それがヤエルにとってもよいことだったとやがて三人がいえるようになるか。

ヤエルというやさしい女の子がきてくれました、と友人や知人に知らせの手紙をしたためるたびに、涙がとまらない。

# ウィラード盲目病棟

# 白樺病棟の「高砂」

はじめての訪問は久しぶりの日差しに雪のとけた、二月のある日の午後だった。ボランティア係の事務所がある建物の屋根から、どすんどすんと雪の塊が落ちて、水溜りがしぶきを上げ、事務所のガラス窓が汚れてしまう。ボランティア係のルース・パーカーがスライドを見せてくれて、ニューヨーク州立ウィラード精神医療センターにおけるボランティアの役割を説明した。そのあと、「ボランティアの責任と心がまえ」ということを述べた用紙に署名しなさい、といわれた。ボランティアは何をしてはいけない、どのようなことを自覚しておかねばならない、と詳しく書いてあった。それに署名すると、個人的なことをいろいろたずねられた。

何だか奇妙だった。

私と私の夫は、ウィラード精神医療センターの患者さんの一人、オキヤマ・フタキさんという日本人のお年寄りに会いに行っただけだ、と思っていたので、あれこれきかれ、署名などすることになるのは意外だった。

コーネル大学東アジア学部の掲示板に、日本人の患者さんと日本語で話をしてくれる人はいないか、という依頼の貼紙があったので、夫と私は行ってみようときめた。記してあった電話番号のところに電話すると、ウィラードのルース・パーカーに直接電話しなさいといわれた。パーカーに電話すると、次のような話だった。

オキヤマ・フタキさんという八十二歳の日本人の男性がウィラードにいるが、この患者さんは誰とも口をきかない、そこで病院は、もしかしたら、日本語の話せる人にきてもらったら、オキヤマさんが反応してくれるかもしれない、何とかいってくれるかもしれないと考えた。

オキヤマさんは、もう六十年も病院に入院したままで、盲目である――。自分の身のまわりのことはできるし、いつも清潔にきちんとしている。でも誰とも口をきかない。医師や看護婦や患者が話しかけても、けっして反応しない、という話だった。

精神病院の生活六十年。そして視覚障害。日本人。それだけ聞いて、すでに鉛のような心持ちになっていたが、行ってみると、さらにボランティアの誓約だとかボランティアの役割だとか、考えてもいなかった大げさなことで、まいってしまった。そういうのじゃない、ただ会って、しばらく一緒にすわって、日本語で話でもしてみて、そんなことでオキヤマさんの気持が慰められるとしたら、それもいいと思って行っただけだった。

話を聞いていていてしだいにわかったのだが、患者さんを訪ねていって、しばらく話をしたりするボランティアは、「コンパニオンシップ療法」という療法の一端を担う人々であること、医師や看護婦という医療の立場にある人々でなく、ただふつうの個人が世間話をするように患者さんと会話をすることで、患者さんの状態がよくなることもある、ということだった。いちばん大きな目的は、病院のスタッフが与えることのできない個人的な人間的な接触の機会を少しでも作ろう、ということらしい。

私はボランティアという立場に立って、「コンパニオンシップ療法」の一端を担うというような立派な心がまえで出かけて行ったのではなかったので、ややたじろぎ——重苦しい。

おそろしいことになったぞ。

「コンパニオンシップ療法の手伝いをしにきてくれるボランティアの中には、ちっとも効果が上がらないので失望してしまう人々がわりと多いのですよ。奇蹟が起こらないと落胆してしまう。あなたたち、奇蹟を期待してはだめですよ」とパーカーさんはいった。

とりわけ、オキヤマさんの場合、奇蹟からはほど遠いケースだと。

パーカーさんと、担当のソシャル・ワーカーの話を綜合すると、オキヤマさんは一八九一年二月生まれであること、一九二三年以来ニューヨーク州の精神病院で暮してきたこと、盲目になったのは十年前、ウィラードに移ったのは一九六〇年、話しかけても反応を示さないので、日本のどこかに親族がいるかどうかたずねることもできない。日本語を話せる人に話し相手になってもらおうと病院側が考えたのは、もし、少しでも反応があって、家族や親類のことでもわかれば、そこへ連絡して、日本に連れて戻りたいということになれば、きっとオキヤマさんだってそのほうがいいのではないだろうか、という理由からだった。

オキヤマさんはいかなる経過をたどってニューヨークの精神病院に入ることになったのか。

ソシャル・ワーカーの話によると、日本から一九二三年に船でニューヨークへやってきたオキヤマさんは、上陸してまもなく、相棒の友人とはぐれてしまった。言葉もわからないし、はじめてのニューヨークで迷ってしまったオキヤマさんは、やがて警官にひろわれ連れて行かれたが、警察で質問されている最中に暴れだし、暴行をはたらいて留置されたのだったが、その後精神病院に収容された、ということだった。

「当時、すなわち一九二〇年代という時代には、ヨーロッパからもアジアからも移民が多くやってきて、言葉もわからないし、習慣もちがうし、身よりもいないという場合には、衝撃と寂しさが重なって精神病のようになるという人々が多かったようです」とソシャル・ワーカーは説明した。

「オキヤマさんはどのような診断を受けているのですか？」

「分裂症ということになってます。でも、昔は、何でもかんでも分裂症だと診断してしまった。外国から移民としてきた人たちでも、ちょっとエキセントリックなところがあると、すぐ病院に入れてしまうというようなことが平気で行われていた時代のようです」

そして、それから六十年——。

ソシャル・ワーカーも奇蹟を期待してはいけない、といった。彼は、オキヤマさんは大した病気でもないのに入院させられ、患者としてあつかわれているうちに、すっかり黙りこんでしまった、と考えているようだった。

「今のような状態になるには、六十年間の病院生活があった、ということを忘れてはならないのです」

ふとしたことで入院させられた人が、そのまま置き忘れられてしまった、それでも、まだ間に合うことなら何とかしたい、と彼はいおうとしているようだった。置き忘れられたようにして六十年。それが本当に真相なのだろうか、と私は思った。

以前にも一人、日本人の患者がいて、やはりその人もいくら話しかけても反応してくれなかった。ところがある日、医師の一人が、「英語がわからないのかもしれない！」と思いつき、日本語を喋る人を連れてきて話しかけてもらったら、何も精神に異常を見出すことができない健康人で、日本にいる家族に連絡したら、早速迎えにきて、喜んで帰って行ったということがあったという。その患者さんは十五年ぐらい病院にいたらしい。

その日は話を聞き、心がまえについて講釈を受けただけで、オキヤマさんには会わせてもらえずに、次の週からの訪問の日程をきめて帰るようにいわれた。

パーカーさんとソシャル・ワーカーの説明では、まるで雲を摑むような話で、私たちは「どういうことか、わからない」「わからない」というばかり。摩天楼の影が黒く、歩道を谷間のように染める喧噪の二〇年代のニューヨークに、ひとり迷い子になった日本人の青年の様子を想像してみる。西も東もわからないというような常套句が真実の状況に近かったと思われるような状況。警察にひろわれるまで、オキヤマさんは何日も街を歩きまわり、相棒を探しまわったのだろうか。どこで食事をとり、どこで眠ったのだろう。警察にひろわれたときは、すっかり浮浪者のように汚れ、疲弊していたのだろうか。

それとも、相棒にはぐれたその日に、すでに警察に行ったのか。

言葉はまったくわからなかったのか。それともわかったのか。もしまったく英語を喋ることができなかったのだとしたら、船を降りて、間もなく相棒とはぐれ、気持がすっかり混乱していた、というような話は、どこから報告されたことなのか。通訳が雇われたのか。

精神病でもなんでもない、ただやや混乱気味の日本人を、ニューヨーク州は六十年間も精神病院に閉じこめた、というような、単純にしてかつ恐ろしい話なのか。

ただ、英語がほとんどわからなかったということが事実であったのなら、精神病院であったにしろ、なかったにしろ、病院に収容された生活は、カフカの小説よりおそろしいものだったに違いない。人々の声は、耳にとどく漆黒の闇のごとく、その形状も意味もわからない不条理の波となって押し寄せてくるばかりだ。自分の声は音ではあっても、実は虚空として送り出され、言葉は死体のように目の前にゴロゴロ転がるばかり。

それが、しばらく、私の白昼夢になったが、そのように想像をめぐらすことが正当だという根拠もなかった。

ただ、完璧な沈黙は、長い年月のうちに、孤独と、想像を絶する失意と、またおそらくは恐怖などと向き合うための最大の妥協として、いつの間にか訪れたものではなかったか。

病棟への最初の訪問。

「白樺病棟」は二階建ての煉瓦造りで、玄関の前に大きな美しい白樺があるので、そう呼ばれている。オキヤマさんの病棟は老人で視力を失った人々が収容されている。以前は老人、盲人というように分けずに、性別と病気の種類などによって分けていた。しかし、老人たちは若い患者たちと一緒だと、さまざまな活動にも、とり残されたようになってしまうことが多いし、盲目の人々も、レクリエーションのほとんどが視力のある患者さんたちを対象にしている場合が多かったことから、自然に仲間はずれになってしまう。そういうことを考え合わせ、それぞれの年齢層に要求される条件を満たし、盲目などの障害から生まれるそれなりの必要に応えるために、病棟に収容する方法が変化してきたという。

観音開きになる大きなガラスの扉を開けて、看護助手が私たちを入れてくれた。入ると、そこはロビーのようになっていて、右に病室に通じる廊下が見え、正面に医務室、左手が大きなレクリエーション室になっていた。

ロビーには、椅子に腰かけた小柄な老人の姿があった。東洋人だったので、それがオキヤマさんかと思った。看護助手が「ではオキヤマさんを連れてきますからね」といったので、彼はオキヤマさんではないことがわかった。

オキヤマさんは、小柄で、髪が短く刈ってあり、格子柄のスポーツシャツと混紡のズボンで、笑っていた。手に触れて、私たちが自己紹介すると、やわらかな笑いがまた顔中に広がった。看護助手がそのオキヤマさんと腕を組んでいた。

レクリエーション室には、赤いビニール張りの応接セットの置いてある場所がいくつかあって、そこに三人で坐ると、やさしいおじいさんが孫たちと話しているのか、というような風景になった。

でも、オキヤマさんは一言も口をきかなかった。

私は、もし、オキヤマさんが日本語を喋ることとも完全に切断されているなら、そして日本語につながる過去とも完全に切断されているなら、たべものが何かの役に立つかもしれないと思い、日本茶を魔法瓶に詰め、葛菓子を作ってもっていった。

オキヤマさんはお茶を呑み、葛菓子を食べてくれた。まずそうな様子ではなかった。

でも、それは六十年前のオキヤマさんの生活に通じる扉を叩いてくれはしなかったし、縛られた舌をほどきはしなかった。

話しかけられても、オキヤマさんは表情を変えない。日本語が聞こえてきても、それでふと耳を傾けるような様子も見せない。

じっと黙っている。ただ看護助手の「ミスタ・オキヤマ」という声に対しては、「ヤー」というような発音で反応する。「お手洗いに行きたいのですか」とか「もう食事はすんだのですか」などという質問にも「ヤー」と大声で反応する。看護助手は「何をきいても、ヤーという答なのね」といった。

時々、微笑していた。

一緒に坐って一時間もたったころ、オキヤマさんは「さあ」というような感じで椅子から立ち上った。「もう帰りなさい」というシグナル、「わたしはもう疲れました。自分の部屋に帰ります」というシグナルだと私たちは思った。病棟を出ると、私たちのうしろで扉が閉じられ、錠がかけられた。階下へ降り、正面玄関から外へ出るともう暗い。また雪になっていた。

二度目の訪問には、私はまぜずしを用意した。お箸ももった。お箸を渡すと、オキヤマさんはほんのしばらく、それに触ってみていたが、すぐにお箸をもつ正しい持ちかたをした。この手たちが何かを思い出そうとしている、とでもいうように、両手でお箸をもってみていたのだったが、すっと右手にもった。その瞬間が凍えていた何かを叩いてはくれまいかと願っていたのだが、そんなことは起こらなかった。六十年ぶりのお箸だったはずなのだが、肉体的に記憶されていた「お箸をもつ」という動作は、六十年を一息に跳び越えはしたものの、その動作そのもので自己完結してしまった。

結局、まぜずしはお箸では食べにくいので、スプーンを手渡した。一口、口に運んだと思ったら、すぐにそれを出してしまった。「ごはんなのに、本当にいやなのだろうか」と、もう一口すすめてみたが、また同じことになった。まぜずしがだめなら、もうこの先はどうしようと、私は思った。

あとで看護助手にこの話をしたら、「オキヤマさんはね、ごはんは大嫌い。病院の食事でもごはんだけは必ず残すのよ」といった。

どうしたのだろう？　日本からきたときから、お米は大嫌いだったのか。それとも、病院の暮しの中で、何かの理由から、とうとう米嫌いになったのか。

まぜずしにはそれっきり手をつけぬまま、オキヤマさんは緑茶だけ二杯飲んだ。

お米の食事がだめなら、音楽はどうかしらということになって、私たちはうちにある日本の歌のカセット・テープなどを掘り返した。昨年の夏、親切な知人が送ってくれた「決定版懐メロ演歌大全集」なら何かあるのではないかと思ったのだが、考えてみると、オキヤマさんが日本を発ったのは大正十一年頃らしいから、私たちのところにある歌は、どれもそれ以降のものばかりでだめだった。しかたない、それより古いもの、とても古いものといえば、観世流の「世阿弥誕生六百年記念」の能楽のレコードだけなのだ。そのレコードからカセット・テープに録音して、病院へもって行った。

「テープレコーダーを膝の上に置いてあげなさいね。盲目の患者さんは、からだに伝わる震動を感じながら音楽を聴くことが好きだから」と看護助手がいってくれた（私たちの会った看護助手は二人だったが、二人ともオキヤマさんを心から好いているようだった。オキヤマさんはいつも静かで、面倒なことも全くないし、すばらしい性格の人だから、と彼女たちはいった）。オキヤマさんは膝の上のテープレコーダーに触れ、なぜてみるようにして、その小さな器械の形を調べていた。

ニューヨーク州中部ウィラードの「ウィラード精神医療センター」の「白樺病棟」の二階の一室に、「高砂」を謡う声がテープから流れる。

今を始めの旅衣《たびごろも》
今を始めの旅衣
日も行く末ぞ　久しき
………

旅衣

末遥ばるの都路《みやこじ》を
末遥ばるの都路を
今日思ひ立つ　浦の波
舟路のどけき　春風の
幾日《いくひ》来ぬらん　跡末も

オキヤマさんはじっと聴いているようだった。
表情は変わることはなかったし、声も出さなかった。
看護助手がそっと寄ってきて、小さな声で「これは日本のオペラなのね」といった。
笛の音が、小鼓の音が、太鼓の音が、冬の、雪のウィラードの盲目病棟に響き渡る。

所は高砂の

所は高砂の
尾上の松も　年古《ふ》りて
老いの松も　寄り来るや
木の下蔭の　落ち葉かく
なるまで命　ながらへて

私はふと考えた。ニューヨークで船を降りて、それから間もなく病院生活を始め、そのまま六十年の歳月が過ぎて行った、というのがオキヤマさんのアメリカにおける生活全史だったというのなら、オキヤマさんにとっては、アメリカは病院生活で見てきたアメリカだけである。オキヤマさんにとってのアメリカ人とは、精神病院で働く医師や看護婦や看護助手や配膳人や掃除係、そして入院している患者たちのことである。

あまりに長いこと病院で暮しているうちに、アメリカという国では、誰も彼も「病院」のようなところで、「このように」暮している国だと、思いこむようになったことはなかったかしら、と。

摩天楼の谷間をさまよった数時間、あるいは数日前、あれこそはただの夢ではなかったかと。

オキヤマさんはひっそりと、赤いビニール張りの大きな安楽椅子に、その小さなからだを沈めるようにしていた。時々、額に皺を寄せる。その意味はわからない。

少し離れたところで、もう一人の東洋人らしい患者さんが、「高砂」をじっと聴いているようだった。フィリピン生まれのラグーダさんという男性で、看護助手は「ラグーダさんは音楽が大好きなの。オペラなんか、特に好きで、機会があると熱心に聴いていますよ」とおしえてくれた。ラグーダさんに、どうぞここへおいでください、というと、彼はやってきて一緒に坐り、昔、長崎に行ったことがある、そのときは人力車に乗りましたよ、と問わず語りに話すのだった。ラグーダさんは九十二歳だった。「もう大分見えなくなってしまいました」とラグーダさんはいったが、影のように物の輪郭はわかるので、彼がオキヤマさんを手洗所に案内することが多いようだった。

そのあとも何度か私たちのオキヤマさん訪問は続いた。でもオキヤマさんは間もなく亡くなられたのだった。私たちが一週間ほどイサカを留守にした週に。ふつうなら訪ねていくことになっていた火曜日の二日前の晩、急に具合が悪くなり、別の病棟に移された、という。旅から帰ってくると、「こちらから連絡するまでは訪問を中止するように」という手紙が病院から届いていた。その翌日、「オキヤマさんは亡くなられた。葬儀の日は未定」という連絡が入った。

旅券から出身地がわかれば、遺族を探しあてることもできるかもしれない。高齢で逝かれたから、ご兄弟などがまだ生存しておられるかどうか、それもおぼつかないが、六十年前にアメリカに渡ったきり消息がわからなくなった伯父さんがいたのだよ、という話を聞いて育った甥や姪がいて、遺骨なりを引き取りたいということにだってなるかもしれない、とさまざまな思いをめぐらし、私たちはもう少し詳しい話を聞きたいと、病院に申し入れた。

オキヤマさんのケースワーカーだった男性に紹介され、行って見ると、最後の数年オキヤマさんの担当医だった精神医も同席してくれて、わかることは話そう、ということだった。しかしこの医師がウィラード病院に移ってきたときには、オキヤマさんの沈黙はもう誰にも破ることのできない、測り知れぬ奥行きのものになっていた。言葉でオキヤマさんの魂に触れることは誰にもできないことだったらしい。

けれども、つい最近停年でやめた看護夫のモリス・ボンドという人物などは三十年間にわたって、オキヤマさんの面倒をみたのだったが、その彼は言葉以外の手段で意思を通い合わせていたという。ボンドは、たとえば、オキヤマさんが幻覚や幻聴に襲われているらしい症状を示すと頰をそっと撫でてあげた。すると、オキヤマさんの発作はやがて鎮まった。鎮まるまで、いつまでも撫でていた。医師は「私らはボンドさんのように、いつも患者と一緒にいるわけではないし、医者が患者の深奥の苦しみを知って、一人一人について、その苦しみを柔らげてあげる方法、つまり、投薬や治療ということより、人間的な方法で何とかしようとするような態度にとぼしいのに、ボンドさんはその観察力とやさしさで、患者の発作に対処する方法を発見してしまった。幻覚で苦しそうにしていたら、そっと頬を撫でてあげなさい、と私に教えてくれたんだ。どっちが医者だかわからない、と私がいうと、彼も同意してましたよ」と語った。

オキヤマさんはひとりっきりの、それ以上の孤独はありえないと思えるような暗い暗い想像を絶する闇の六十年を過したのだ、と私はずっと確信していた。病院の暮しの中にありうるかもしれない、たぐいまれなやさしさと直観力をもつ、モリス・ボンドのような人との交流を想像してもいなかった。

そう、もしかしたら、そこには三十年間にわたる、二人の男の、たとえようもなく特別な絆が存在していたのかもしれない。

オキヤマさんは他の患者さんたちからも、大変好かれていた。穏やかで小柄なところが、皆の気持を、オキヤマさんを何となく保護してあげたい、守ってあげたいという方向に動かしたのですね、と医師はつけ加えた。

「日本の出身地を知る方法はないのですか」と私はケースワーカーにたずねた。

ケースワーカーはオキヤマさんのファイルの第一ページを私の前に置いた。そう長いことこのファイルを見せてくれるわけはない、と思って、私は少しメモを取りながら、そのページの下の部分にある会話の記録を大急ぎで読み、頭の記録板に書きつけた。

ファイルの第一ページは、オキヤマさんが初めて入院した、その日に書き込まれた記録であるはずだった。

右下に六十年前の、オキヤマさんがおだやかに笑っている写真が貼りつけてある。「ああ、やっぱりオキヤマさんだ」と夫がいった。たしかに彼だった。

入院手続きのページは次のように始まっていた――

フタキ・オキヤマ（患者番号三七八八七）

（ユタカ・アキヤマ）

一八九一年二月二十五日生まれ。

フクオカケン　アサクラグン　アマギマチ

トウキョウキセン「サヌキ丸」にてニューヨーク上陸。

出船は一九一七年十二月二十六日。彼は船員であった。

本病院入院は一九一八年四月二十三日

括弧の中のユタカ・アキヤマというのはどういうことだろうか。オキヤマさんはその時、自分はユタカ・アキヤマという人物だと思われていて、入院当時医師にそう告げられたので、それが括弧に入れられて記録されたのか。

さて、この記録によると、オキヤマさんはニューヨーク上陸後およそ四ヵ月してから入院したことになっている。

それればかりではない。

右の記録に続いて、入院の手続きをした病院側の人物とオキヤマさんの面接の模様が記録されていた。第一ページの内容を記録しているかぎりでいえば――


あなたはアメリカにきてからどこに住んでいましたか。

ニューヨーク州ロングアイランドで、ピーターソンという家で、庭師をしていました。

で、そこで働いていて具合が悪くなったのですか。

そうです。色々なことが、とても困難になってきたのです。

色々なこととは、たとえばどういうことですか？

人間関係とか……。

そして、やがて、頭の中で声が聞こえたりするようになったのですか。

そうです。

誰の声だかわかりましたか。

天皇の声が聞こえることがありました。

これで一ページ目は終っていた。そして、ファイルは取り上げられた。

どういうことだったのか、いったい？

これは本当にオキヤマさんが喋ったのか。それとも通訳がいたのか。庭師をしていたという家の人が付き添ってきてくれて入院したのか。

初めての病院の所在地はビムガムトンというニューヨーク州中部の小都市である。私はオキヤマさんはニューヨーク市内のベルヴュー病院あたりに一九六〇年までいたと勝手に思い込んでいた。ビムガムトンはウィラードから車で一時間半ぐらい、百五十キロぐらいのところである。

それに、もしこの面接記録が正しいのなら、以前にきいた「下船して相棒とはぐれて、気が転倒して警察で暴れて、やがて病院に収容された」という話は一体どこから湧いてきたものだろう。その話は病棟のソシャル・ワーカーから伝えられたものだったが、彼は六十年前の入院手続きの記録の入ったファイルではなく、もっと最近のものしか見ていなかったのだろう。

ずっと後の記録には、オキヤマさんが、下船して、すぐ相棒とはぐれてしまって、警察に行って、それからという話をした記録があるのかもしれない。ソシャル・ワーカーが勝手にでっち上げた話ではあるまいし、不注意にただの噂を、また聞きの噂話をしていたわけではあるまい。

オキヤマさんの医師を相手の身の上話には、もしかしたら幾種類かの説明が存在したのかもしれない。

しかしオキヤマさんは、それでは英語を喋れたのだろうか。私には、どうもそうではなかったような気がしてならない。なぜそう思うのかと聞かれても証拠を上げて答えることはできないのだが。

入院当時の担当医師たちは、もうすでにこの世にはいないだろう。身のまわりの世話をした人たちも亡くなったり、停年でやめたりして去って行った。六十年のオキヤマさんの入院生活の間に、さまざまな代替りがあった。精神医療の治療方法も、精神障害に対する思想や概念も、いくつもの変化を経てきた。

オキヤマさんはそれらすべての変遷を生きのびてきた。

「オキヤマさんは本当に病んでおられたのでしょうか」と私たちはたずねた。もし口をきけないのなら、どうしてわかります？　という意味も含めて。幻覚や幻聴があることは観察でわかったという答が返ってきた。時ならぬ高笑い、心の中で起こるなにかにおびえ苦しむ様子、その他の症状が見られたと。

「すると、オキヤマさんはやはり病気だったと?」と私は重ねてたずねた。
「精神安定剤がこの世に登場した一九五五年から精神医療は大きな変化を迎えました。精神安定剤が使えるようになって、患者の入院期間はきわめて短くなって、病院生活は一生の幽閉の牢獄のようなものではなく、いわば患者さんたちの社会復帰を目標にする場所に変ったといえるのです。回復しかけ、患者にも自信がついたら、病院のある地域の一般家庭に住まわせてもらい、必要がある時だけ通院して、社会復帰の準備をしたり、あるいは朝病院から職場に出かけて行って一日外で働き、夜はふたたび病院に戻って眠る、という方法もある。ともかく病院に閉じこもる時間をできるだけ短くする、というふうに方針が転換していったわけです。

現在、新たに入院してくる患者さんなら、どれほど長く入院したとしても二年。平均の入院期間はそれよりずっと短くなってます。

だから、オキヤマさんのようにたしかに障害はあっても、日常の行動もきわめて穏やかで、身のまわりのこともきちっとできるかたなら、病院を出て、どこかの家庭の一員として住み、そして仕事を見つけるということも可能だったはずです。はずです、ということは、精神医学に大転換の起こりはじめた時期が五〇年代でなく、もっと昔だったら、ということです。

変化の起こりはじめた五〇年代には、まずすでに盲目という障害がありましたし、すでにオキヤマさんの病院生活は三十年以上も続いており、病院という施設の暮しにすっかり馴れてしまっていた彼を、突然どこかの家庭に移すようなことはかえって残酷で、できませんでした。太平洋戦争のこともありましたから、ウィラードのような田舎で、日本人であるオキヤマさんを、地域共同社会に放り込むのはあまり感心できることではないという判断もあったはずです。ですから、オキヤマさんの場合、保護するということは病院収容を継続するということだったわけです」と医師は話した。

一九七四年、病院はニューヨークの日本総領事館宛に手紙を出した。オキヤマさんのことについてわかることがあったら知らせてほしい、親族なり親戚なりがわかれば、日本に送還してあげたほうが、本人のためには仕合わせではないかと考えるという主旨の文面だった。手紙の写しをケースワーカーが見せてくれたのだった。日本総領事館から返事はきたのか、きたとしたら、どのような内容のものだったか。日本総領事館は本国に問い合わせ、本国はできるかぎりのことをして調べたのか。

ひるがえって、そもそもウィラード病院が、日本語で話相手になってくれる人はいないか、そしたら、なにかオキヤマさんの出身について手がかりがつかめるかもしれない、ちょっとしたヒントでも、つかめるかもしれない、という根拠からコーネル大学に依頼したことを思い起こすと、病院は総領事館からは一切手がかりになるような情報をもらってはいないと結論できそうである。

視力が失われた時期は一九六九年頃ということになっている。一九六九年一月三十一日に正式に盲人と認定された。しかし正式に認定される、ということは、病院が国からオキヤマさんを対象として受ける援助が増えるということだから、病院はそう認定してもらったのだと思うと、医師はのべた。視力の失われた原因をたずねると、白内障ではなかっただろう、おそらく急激にやってきた緑内障ではなかったか、目に起こっている変化について訴えずにいる間に、手術が手遅れになってしまったのではないかと思うということだった。正式に盲人と認定された後も、かなり長いこと、眼鏡をかければ見えたということ。すっかり見えなくなってしまったのは、亡くなられる前の二年間だけだった。視力がゼロになっても、オキヤマさんの行動に変化は起こらなかった。

八十八歳でオキヤマさんは逝った。長い長い、異国の病院暮しだった。病院生活そのものが六十五年の個人史となってしまった。

医師とケースワーカーから聞き出せるだけ聞いて、そのあとお墓にお参りしたいと申し出ると、案内してくれた。夕暮れが迫っていた。

小高い丘が病院の墓地になっていて、丘からはセネカ湖が見下せる。ここはもとは南北戦争で斃れた兵士たちの墓で、現在でもそれが残っている。北軍の兵士たちの骸《なきがら》と、ウィラード病院でこの世を去って行った人々の骸がその丘に葬られていた。

昔からの習慣で、精神病院で亡くなり、精神病院の墓地に埋葬された死者たちの墓標には名前が刻まれていない。精神病院で亡くなった人を親族としてもつ人々を中傷から保護する、ということから始まった習慣らしい。

オキヤマさんの墓標にも名前はない。あるのは番号だけである。

墓標は大理石などではない。灰色のブロック一個である。他の死者たちも同様に。

北のイサカにも春が近づいていた。夢かと思うような、ライラックの季節が近づいていた。でも、それを待たず、オキヤマさんはある晩心臓麻痺を起こし、間もなく息を引きとられたのだった。

丘の墓地に立っても、私には亡くなったオキヤマさんに語りかける言葉はなかった。生きておられた間の、短い邂逅の期間にも、私から語りかける言葉はあまりなかった。私の無力は徹底的なものだった。

なにもかも、あまりにも長い時間続いて、なにもかもがもう遅すぎた。

# かげりもない、パネイの夜ふけに

ウィラード精神医療センターのオキヤマさんを訪ねたのがきっかけになって、わずかな時間を一緒に過した、もう一人の男性のことを書こう。

その人はフィリピン出身の、九十二歳のロド・ラグーダさんだった。ラグーダさんと言葉を交す契機になったのは、私たちがオキヤマさんの膝の上にテープレコーダーをのせて、一緒に「高砂」を聞いた時だった。三メートルほど離れてテレビを観ていたラグーダさんは、首を少し捻るようにして、じっとこちらの「高砂」を聞き取ろうとしていた。看護助手が「ラグーダさんは音楽が心から好きなのね」といったので、「こちらにおいでになったら」と誘ってみたのだった。

「日本の音楽だな」とラグーダさん。

「日本にはね、行ったことがあるんですよ。フィリピンからアメリカへ来る途中に寄ったんですよ。遠い、遠い昔のことだけど。長崎に行って、そう、坂を人力車に乗って登って行ったのです。海が見えて。美しいところだった」と。

ラグーダさんはきちんとした英語で礼儀正しく話す。とても遠慮して、お茶をすすめても、「いや、私は結構」とけっして飲もうとしない。

視力は大分衰えてしまったが、それでもまだテレビの映像はぼんやり見えるので、毎晩ニュースを観ている。その日のニュースはエジプトのサダト大統領がパレスチナ難民のことで発言した、と伝えていたが、ラグーダさんは「パレスチナ難民が国を建てたいということは適切なことかどうか、私は考えようとしているところです」といった。

病院にきて、患者さんの病いのことや、生い立ちについて、こちらからあれこれたずねることはしない。ラグーダさんはそのすばらしい記憶力に手を引かれ、問わず語りに、いろいろ話してくれる。

「私はね、フィリピンのパネイ島で生まれて、カトリック教徒として育てられたのだけど、ある時、アメリカからやって来たメソディストの宣教師に、メソディストに改宗しないかといわれたんですよ。私は改宗してもいいなと思ったので、改宗してもいいけど、そのかわり、アメリカへ連れて行って教育を受けられるようにしてくれないかと条件を出したら、いいとも、というんです。それがきっかけでアメリカへ渡って来たわけ。

高等学校はついに卒業できず、ということになりました。が、でもアメリカで教育を受けるということをやってはみたのです。その頃はユタ州に住んでました。

その後バッファローで、そう、あそこでフィリピン出身の人々のクラブに入って、いろいろ冒険的なことをしたけど――。その頃具合が悪くなってしまって、一年間入院して、冒険の日々はそれでおしまいになった」

それ以来、精神病院に出たり入ったりする生活が続いたらしい。ウィラードへきて何年になるのか、わからない。現在の入院生活が何年になるのか、それもわからない。十代の頃、たった一人でパネイ島からアメリカへ渡り、アメリカにはおそらく身寄りはいない。

「伯父に金持がいて、以前には送金してくれたりしたんですよ。でもずっとそれも途絶えてしまって。どうしたんでしょうね。死んでしまったのでしょうね」

それから宗教哲学の話になり、ラグーダさんはトマス・アクイナスや聖アウグスチヌスについての意見を述べた。カントの言葉についても感想を述べた。「視力があった時は、読書をずいぶんしましたのに」とも。


ラグーダさんの場合も障害の程度からいえば十分に通院ですむケースだろう。けれども、医療の思想が変革され、患者に対してはできるだけ入院生活を少なくし、普通の日常生活への一日も早い社会復帰を目標にして治療する方向に向かいはじめた時には、すでにラグーダさんも病院生活が長すぎて、外に出たときにつきつけられる適応への要求は荷が重すぎたことだろう。オキヤマさんもラグーダさんも、古い精神医療思想の時代の終りの外へ生き延び、病院に身を置いたままその一生を閉じることになった。家族もなく、家庭の食卓の食事を口にすることもなかった長い長い時間。めいめいのお盆に、湯気の立つようにホカホカと熱くもないし、冷めきっているのでもない、いつも生あたたかな食事が運ばれてくる生活を幾十年。病院の朝、病院の昼、病院の夜。宇宙となった病院。

ラグーダさんが保っていた心の平穏と澄明は無惨な孤独の中でさえ、その柔らかさを、高潔さを失うことはなかったのだ、と私は感じた。

「歌を作ったこともありますよ。歌ってあげましょうか」とラグーダさんはいった。

「歌ってください」と私たちは頼んだ。

「パネイ島のことを思い出しながら作った歌です。パネイは美しい島でした。工業化されていなかったから、貧しかったけれど、美しい島でした。技術を取り入れることが必要な土地でした。いまはどうなっているのでしょう。近代化されたのでしょうか。

歌には曲もつけました。

歌いますよ。

かすかに　はるかから
流れてくるのは　おまえの声
風　風にのって
降る星の夜に　かげりもなく
ただささらと　鳴る木々の葉
おお夜に　パネイの夜ふけに」

ここまで歌って、彼は咳払いして、どうもうまく歌えない、といった。「今晩は私の祖母が私がうまく声が出せないようにあやつってるんですよ」と。そこには私たちには見えない姿や、聞こえない声や、感じることのできない気配があるようだった。それらは影を落とすばかりだったのか。それともそれらは時空を超えて彼の世界を広げ、彼はのびやかに飛翔していたのかもしれない。
「パネイにはね」と、しばらく沈黙していたラグーダさんが再び口を開いた。

「パネイには中国人の商人たちが住んでいましたっけ。商売熱心でよく働く連中でした。ところが突如、この人たちがいなくなった。どこへ行ってしまったのだろうか、と皆はあれこれ取り沙汰してましたっけ。私の推測では、あの男たちの一人は東郷元帥だったんですね。天皇の命を受けて、時機が到来したので、日本へ帰ったのにちがいありません」

ラグーダさんはオキヤマさんのことについても「推測」していることがあって、オキヤマさんには娘が一人いて、娘がオキヤマさんを迎えにくるだろうといった。そうだったら、どんなにかよかったことだろうに。オキヤマさんが喋らないのは言葉をすっかり忘れてしまったからだ、ともいった。「なにしろ年寄りだからね」と五歳年下のオキヤマさんのことを、そういった。

ラグーダさんの好きなものは音楽と葉巻煙草だった。病院では煙草の好きな人たちには食後などに看護助手が火をつけてまわる。ラグーダさんの胸のポケットには、いつも葉巻が入っていて、「火をつけてあげようか」と問われると、「あっ、お願いしますよ」となんとも嬉しそうになった。

オキヤマさんが亡くなる前の私たちの最後の訪問の時には、ラグーダさんを含めた四人で、レクリエーション室の一隅に円くなって坐って話をした。オキヤマさんはやはり何もいわなかったが、時折声を上げて笑っていた。やさしい、やさしい表情で。ふと、私はオキヤマさんの軽く開けられた口の中で舌が動いているのを見た、と思った。そおっと顔を近づけて、目を凝らして、私はその舌の動きをとらえようとした。何かいっているのかもしれない、と思ったのだ。舌がかすかにかすかに動き続けた。歯ぎしりするような思いで、私はそれを読みとろうとした。

わからなかった。

お二人の就寝の時間が近づいていた。レクリエーション室のあちらこちらで、すでに眠り込んでしまった人や、まぼろしの相手と会話を続ける人たちの一人一人の手を取り、肩に手をかけて、看護助手が寝室へ連れて行く。ピアノの前にじっと坐っていた女性も、私たちをつかまえては「あたしはね、もうほんとうにすっかりよくなったの。もう病気は治ったの。だから家へ帰る。帰ってやるから」

といっていた五十がらみの女性も、ベッドのある部屋へ戻って行った。

オキヤマさんとの最後の別れになるとも知らずに、私たちは病室を出た。玄関を出ると、私たちの背後で錠が下ろされ、闇夜の白樺たちが風にサワサワと鳴った。おやすみなさい、オキヤマさん。おやすみなさい、ラグーダさん。さようなら、さようなら。

# ボランティアたちの晩餐会

「ウィラード精神医療センター」のオキヤマさんのことで、ときどきボランティアとして病院へ行ったので、五月には恒例の「ボランティア晩餐会」に招ばれた。

わたしは夫とともに、ガタガタ走るトヨタ・カローラを運転して、ハイウェイ九六号線を北上したが、晩餐会のあるはずのウォータールーの「ホリデイ・イン」にはなかなか到着しなかった。いなかの道を、夕焼けを左手に眺めつつ走る。沿道の人々の生活は野菜栽培の農業と、ほんの少しばかりの酪農である。あちこちにサイロが立っている。途中の小さな町々の目抜き通りには、このたびは人々の姿があり、車道で子供たちがスケートボードで遊んでいたりする。これらの町々には、やはり人々がちゃんと住んでいたのだなとほっとする。一月の雪の日の、オキヤマさんへの最初の訪問の日は、死んでしまったような枯野をすぎてこれらの小さな町々に入ると、人の姿などまったく見えなくて、これこそ噂に聞くゴーストタウンかと考えてしまうほどだったのだ。

あれこれ冬のことを思い出しているうちに、やがてウォータールーの町が現われ、ついで「ホリデイ・イン」も現われた。

晩餐の催される宴会場に入って行くと、受付けの婦人が、どこに坐ってもよろしい、といった。わたしと夫はキョロキョロと、わたしたちと同年輩の人々がかたまっていそうなテーブルを目で探したが、そのようなテーブルはないのだった。皆さんだいたい六十歳以上で、女性が多い。そして、肥満の女性が多い。ちょっと奥のほうに、四つぐらい席があいているテーブルがあったので、そこに坐ることにした。

坐って自己紹介をすると、すでにそこに坐っていた四人もそれぞれ名前を告げたが、わたしは全然おぼえられなかった。そして、しばらくもじもじしてみたが、そんなこととしてもしょうがないので、世間話などをはじめたのである。食事はまだ運ばれてこないし、有志の演説や挨拶も、功労のあったボランティアの表彰も食事のあとになると、プログラムに書いてある。プログラムの表紙には「ボランティアこそ、われらが灯」という言葉が印刷されてあって、燃える蠟燭の挿絵まで描いてある。内容を見ると、ニューヨーク州議会の議員がまず最初に演説する、と書いてある。これはあまりよい予感を与えない。

さて、わたしの向かいの左端の女性は、その「ホリデイ・イン」の食堂で三年間も働いた、と話した。このモテルのことなら、どこがどうなってるかわかるから、目をつぶってても歩けるんだ、と話した。客室のことも、よくわかっていると。客室という客室、残らずルーム・サービスを運んで行ったから。「ここの食事はだいたいおいしいほうですか、まずいほうですか」とたずねると、「まあ、いいほうね」といってから、ちょっと黙って考えるようにして、それから、「とても、おいしいわよ」とつけ加えた。「ホリデイ・イン」というチェーンのモテルのそもそもの起源とその思想などについて、わたしはしばらくぼんやり考えていると、やにわに、三年間ここでウェイトレスをした経験を持つこの女性が、「ねえ、あなたたち、ビファローって知ってる?」とたずねた。ビファローなんて知らないから、知りませんと答えると、「ビファローを知らないなんて」と笑って、「ビファローはビーフとバファローのあいのこよ」という。牛と水牛の交合種だというのだ。

「まあ。で、そのビファローはビーフに見えますか、バファローに見えますか」

「そうね、両方に似てるわね。体はビーフに近いけど、頭がどちらかというとバファローに近くて、毛がモジャモジャとなっているの。ビファローの利点は飼料がずっと安くすむこと。肉牛だと飼料費が膨大にかさんで、それが牛肉の価格を上げる原因の一つになっている。バファローはもともと粗食でいいから、それと牛とかけ合わせれば、バファローと牛の中間的な飼料ですむという寸法」

「バファロー・バーガーというものを北ダコタ州で食べたことがありますが、肉はポサポサしてかたいように思いましたが、ビファローの場合は?」

「バファローには独特の野獣的なにおいがあるけれど、ビファローになると、それがだいぶ減るのよ。肉の口あたりは、やはり中間的なものになって、そう、たしかに牛肉よりやや固いわね」

とそこへ、パンを運んできた若いウェイトレスが、「あたしの家ではビファローを十五頭飼ってる」といった。

「ビファローは、でも、見かけが、なんだかせつないバファローみたいでおかしいわね」と元ウェイトレスがいうと、現役ウェイトレスは即座に「そんなことウソよ。とてもかわいいわよ。美男子たちよ」とやり返した。

「写真もっていないの?」とわたしがたずねたら、「きょうはもってないけど、こんどきたら見せたげる。イサカへ帰る途中、家に寄ってくれたら見せたげる。四一四号線のラフィエット。道沿いだから、すぐわかる。寄ってちょうだいよ」

それからまた少しビファローの話をしたのだが、それもタネがややつきかけたと思われたころ、元ウェイトレスの隣にいた老婦人がやにわに、「あたしは二扉式大型冷蔵庫を売りたい」といった。

きいてみると、彼女は四年前に夫に先立たれ、そのときに家は売ってしまったのだが、この二扉式大型冷蔵庫だけは売るにしのびず、甥や姪（というのが、隣に坐っている元ウェイトレス）のところに居候する暮しになっても、まだこの二扉式大型冷蔵庫を持ち歩いている、と。それというのも、いとしい夫が死ぬつい直前に、その豪華な冷蔵庫を買ってくれたからだ。夫は三月にその新しい冷蔵庫を買ってくれて、「六月には死んでしまった」。あまりのつらさにこの四年間、ついに売らずにきてしまった、もうそんなに大きな冷蔵庫なんか全然不必要になったというのにね、といって軽くため息をついた。

二扉式大型冷蔵庫だけど四百ドルで売れればいいと思っている、といって、だれだれさんの意見もたずねたけど、四百ドルなら高くないといわれた、と保証した。なにしろ新品同様だし。こんどはこの姪とエンディコットへ引越すことになったのだから、なんとしてもいよいよ手放さなければならない。使いもしない大型冷蔵庫をもって、百マイルもの遠方に引越すことはできない。買ってくれそうな人、心あたりはないかしら。

土地の新聞に広告を出してみたら、ラジオで放送してもらったら、とわたしたちは意見を述べた。なにしろ新品同様の二扉式だから、売りにくいはずはない、とこの婦人は結論的にいった。

するとわたしの隣の席に坐っていた四十歳ぐらいの男性が、会話の前後の関係も無視するいきおいで、「ああ、早く食事にしてくれなきゃ、おれは遅れてしまう」と大声でいった。いったい何に遅れてしまうのか、と当然のことながら、それぞれが質問すると、「ロチェスターへ行くことになってるんだ」という。「ロチェスターの『ホリデイ・イン』に行くことになっているのさ」となぜかとても誇らしげに、しかも謎めかしていう。「まあ。『ホリデイ・イン』から『ホリデイ・イン』を訪ね歩いておられるわけですか」とたずねると、「そう、その通り。『ホリデイ・イン』はとてもいい、どこへ行っても、着く前から、どんなところに着くのか、すっかり予想がつくっていうのがすばらしい」と、まじめな顔でいう。そして、ポケットから『全国のホリデイ・イン』という案内書を取り出して、「ほらな」ととても自慢らしく見せびらかすみたいにする。

ぶしつけだとは思ったのだが、他にいうことも思いつかないので、「ロチェスターでは何があるのですか」ときいてみた。彼は答えようとはせず、ただにやにや笑っている。

「そんなにあちこちの、全国の『ホリデイ・イン』に行かれるのだから、あなたはもしかしたら旅するセールスマンではありませんか」とさぐりを入れてみる。それでもただにやにや笑っている。(あとでわかったが、この人物は「全国鉄鋼労働者組合」の専従で、どうもその関係で旅ばかりしているらしいのだ。自分では「組合の者だ」とはいわなかった。組合が「ウィラード精神医療センター」に何かを寄附したので、それで組合を代表して表彰状を受け取りにきたのだ。)にやにやしたまま、「ところで、あんたたちは何号線でイサカから運転してきたのか」ときく。「九六号線」と答えると、「帰りは八九号線にしな。もっとも、八九号線は鹿が多いのが難点だな。まっ暗で、鹿が道を渡っているのが全然見えない。よく車にぶつかってくるよ」という。

「車にぶつかると、鹿は即死してしまうのでしょう。五五マイルで走っている車ですもの」

「うん、だいたい即死だね。車は大破する。おれはすでに二度も、鹿にぶつかられた車をレッカー車で移動してもらった。でも、死なないこともある。あるときは、鹿は怪我をしただけだった。おれはいつもピストルをこの身におびているから、その場で射殺したよ」
「ピストル？　なぜまたピストルなどをいつも持ち歩くのです？」
「おれはあちこち旅をすることが多い。オッカナイ都会へも行く。どんな目に会うかわからん。ピストルを持っていれば、心が安らかだ」
「へえー」
「おれは香港に行ったことがある」（といって、わたしがどう反応するか待っている。「あたしは中国人よ」というかと思って）
「おれは韓国に行ったことがある」（といってふたたびわたしが反応するのを待っている）
「おれは日本にも行ったことがある」（とどめをさすようにいって、また反応を待っている）

わたしは全然反応しない。もっといろいろなくにの名をあげてみな、と思ってる。ベトナムとか、タイとか、知ってるかぎりいってみな。

「アジアではピストルは持って歩かなかったでしょう？　必要ないものね」

「いや、持っていたとも。ピストルがあると心が休まる」

「気持がわるいわ。わたしはいやだわ」

「いや、心が休まるんだ」

「ピストル持って、『ホリデイ・イン』に泊って、わりと味気ない生活ね」

「そんなことはない。おれはいつもとても忙しい」といって、アロハシャツの衿元などを正している。

　そのころにはすでに、夕食もおおかたすみ、デザートが運ばれてきた。澱粉がどっさり入ったプディング。

「三つぐらい置いていってくれ」とわたしの正面の初老の男性がいう。「こちらは、ウォータールーの町長さん」と、さっき二扉式大型冷蔵庫を売りたいといった例の婦人が説明してくれた人物だ。町長さんはデザートのプディングを三つも食べたいのだ。

「このあたりでは、町長さんになると、どんな気持ですか」とたずねると、「わしは町長だと一応思われてはいる、というだけのこと。わし自身はとても実際的な男よ」といった。そして、「下品なことはいいたくないけどさ、ピーナッツバターって、強精剤だっていわれているね」という。「下品なことはいいたくないけどね。ピーナッツバターが強精剤なら、わしほどセクシーな男はおるまいってわけよ。わしはじつにピーナッツバターが好きで、ピーナッツバターばかり食べている。ピーナッツバターがないと生きていられない。下品なことはいいたくないけど、ピーナッツバターがほんとに強精剤なら、これとても便利な話じゃないの」

そして、ふと表情をくもらせた。

「ピーナッツバターでも、中にマシマロが混ぜてあるやつね、あれが一番好きさ。でも、どうしたんだろ、このごろ、マシマロの混ざったピーナッツバターがマーケットから姿を消した。どうしたわけだろうねえ。あれが一番の好物なんだが」

「イサカのマーケットで見つけたら一瓶送ってあげますよ」

「そう、そうしてくれる？　下品なことはいいたくないけど、強精剤にもなるっていうんだものね」

イサカでマシマロ入りのピーナッツバターが見つかったら、宛名は「ニューヨーク州ウォータールー町、町長殿」と書いて送ればいいのだな、とわたしは思ったから住所はきかなかった。

「下品なことはいいたくないけど、ほんとにマシマロ入りのあれ、どこへ消えちまったのかなあ」


やがて汚れたお皿も半分ほど下げられ、三杯目の薄いコーヒーをガブガブと呑み終るころ、マイクロフォンが通電されて、「キーン」「ブーン」と鳴ると、病院の「レクリエーション治療士主任」という人が演壇に登り、「だいたい食事も終ったことですから、いよいよ本日のプログラムを始めたいと思います」といった。話をする最初の人は、やはりプログラムにある通り、州議会の議員だ。司会の主任氏は紹介のためにといって、この議員がどのようなすばらしい功績のある政治家であるか話したい、といった。「なにしろ、最高にすばらしい人物で、これまでの業績についても、どこから話してよいやらわからない、それほどすばらしい。われらが選挙民を代表して、じつに目ざましく活躍している。きょうもきょうとて、忙しい中をわざわざこの晩餐会に出席してくれて、とてもありがたい」とそんなことばかりいって、ついに、どのような内容の偉い人かわからなかった。

議員は演壇に立つと、概略次のようなことを喋った。

「皆さん、こんばんは。『ウィラード精神医療センター』職員の皆さん、賓客の皆さん、ボランティアの皆さん、その他の皆さん、こんばんは。わたしはこのような輝かしい機会に、こうしてご挨拶することができてとても幸福です。

わたしは××郡、××郡、××郡、そして××郡、ニューヨーク州第五二区の選挙民を代表して日夜働いている者ですが、皆さんの支持に対する感謝の気持をかたときたりとも忘れたことはありません。

わたしはこうして本日、ニューヨーク州の首都オルバニーから、州議会を代表し、皆さんにご挨拶しております。と申しますのも、精神衛生の分野におけるボランティアの役割の重要さを、誰もが真剣に認めているからであります。ボランティアののべ人数は、ニューヨーク州におきましては、昨年度が七万五千人といわれております。これは膨大な人数です。じつにボランティアは精神衛生行政の重要な部分を担っているのであります。

ボランティアの活躍なしには、人間的な治療は難しいのです。

ボランティアは患者の皆さんの人生を明るく照らしております。

ボランティアは希望の灯です。

ボランティアは……。

さて、御承知のように、州の予算から、大幅に精神衛生関係の経費が削減されてしまいました。これはたいへんに不幸なことです。わたしはそのようなことになってはならぬと頑張りましたが、結果はかんばしくないものになりました。しかし、『ウィラード精神医療センター』に関していいますならば、大幅に改善された予算を与えられることになりましたので、その点については喜んでよいものと考えております。私の努力もむだではなかったと喜んでおります。皆さんを代表するわたしとしましては、喜んでおります。

皆さん。『ウィラード精神医療センター』職員の皆さん。賓客の皆さん。ボランティアの皆さん、その他の皆さん。今後もこれまで同様、頑張ってください。皆さんの選挙区から出ているわたしも頑張ります。これからも、どうかよろしくご支援のほど、お願いします。以上」

いろいろな人がこのようにして演説したり挨拶したり、「ボランティアは患者の灯」と何度か繰り返されて、ようやくとりわけ功労のあった何人かのボランティアが表彰された。皆さん婦人ばかりだった。表彰は晴れがましいできごとと見え、皆正装していた。ロドリゲス夫人というひとは薔薇色のひらひらしたイブニングドレスで、「あら、ネグリジェかしら」とうっかりいってしまったら、夫に「そういうことはいうもんじゃないのだ」とおこられた。表彰された婦人たちは、皆おそろいの造花の白い大きなコーサージュをつけていて、胸がとても盛り上って見えた。大柄の堂々たる中年婦人たちだった。こういう人々はおおかた「コミユニティ活動センター」の運営に積極的に参加し、バリバリと他の婦人連中をオルグし狩り出し、お菓子屋にはお菓子を寄附せよと迫り、食品会社には食品を寄附せよと迫り、養鶏場には鶏肉や鶏卵を寄附せよと迫って、いつだって寄附させるのに成功してしまうという類のボランティアたちなのである。

ところで、わたしたちのテーブルに坐っていた元ウェイトレスの女性や、その伯母にあたる大型冷蔵庫の老婦人などの場合は、もっとひっそりと地味なボランティアで、家にいてせっせと編物をする。患者さんたちのために、肩掛けや膝掛けを編む。いくつもいくつも編む。それが患者さんたちのクリスマスの贈物になる。

「ウィラード精神医療センター」の場合は、とりわけ地元民の理解と協力がめざましいという。だからこの地域では「ホーム・ケア」といって、それを希望する家族が回復しかけた患者をあずかって、一緒に生活して、社会復帰の衝撃を少しでも少なくするという一種の緩衝的な治療もかなり成功している。できるだけ病院に閉じこめておく期間を短縮すること。閉じこめられた病院の日常が病気を悪化させるという悪循環をどこかで、早いうちに断つこと。具合が悪い、と患者が感じたら、外来患者として訪ねてくればよい、という生活に早くもどすこと。ニューヨーク州には三一の精神医療センターがあるが、地域住民の協力が必ずしも「ウィラード」のようにうまくいくとは限らないらしい。それでもなお、姿勢としては地域の日常生活の中で治療しようという傾向を促進しようとしている。

その夜は、帰路、運転していて目茶苦茶に道をまちがえた。カユガ湖沿いの道を走って帰るべきところを、セネカ湖の道へ行ってしまった。「この先一マイル、鹿が横断しますので注意」という標識が無数にあった。ヘッドライトに照らし出される標識の「鹿」という文字を見るたびに、「ピストルを持っていれば心が休まる」といった組合専従員のにやにや笑っていた顔を思い浮かべた。セネカ湖沿いの道は起伏がはげしく、しかもとても暗い夜で、道が目の前で突然消えてしまうような錯覚に襲われ、たびたびブレーキを踏んでしまった。「きみは、基本的に自動車道路に立っている標識と土木工学に深い不信を抱いている人間だ。ハイウェイが突如消えることはないのだから、そのような不信を克服しなくてはいけないのじゃないか」と夫はいった。家についたら、隣の家では学生たちを招いてパーティをやっていたので、そこに混ざりこんで午前三時まで呑んでいた。わたしはポップコーンを食べすぎて胃がブーッとふくれ、翌朝になってもまだふくれていた。

# スパゲティかぼちゃ

「スパゲティ・スクワッシュと書いてあるよ。スパゲティ・スクワッシュてなんだい?」と田川さんがたずねた。去年の夏のこと、ポール・ラドゲイトの夏の青物店でのことだった。

「ほら、菜食主義の人が多いじゃない、その人たちがこのカボチャで、スパゲティにかけるソースでも作るんでしょ」と、わたしはよせばいいのに、きわめていい加減に答えた。わたしもスパゲティかぼちゃなんておかしいな、なんだろうとは思ったのだから、ちょっと店の人にでもたずねりゃいいのに、「菜食主義の人がスパゲティのソースを作るの」なんて、あまりにもばかばかしい答をしたのだ。

そのことが気になっていたのだ。

田川さんは三日ほどいて、ニューヨークへ行ってしまった。ブルース・スプリングスティーンとのインタヴューの約束がとれて、しかもある女の友だちに会えるとかで、イサカのいなかにわたしたち二人を置いて大都会にいそいそと足を向けたのだ。だから、もし彼がいまもなお「スパゲティ・スクワッシュ」とは、菜食主義者のスパゲティのソースの材料だと信じこみ、「アメリカではね、かぼちゃでスパゲティのソースなんか作るんよ、アッハッハ」などと友だちにその知識を披瀝していたりするんだとしたら、ざまあみろだ。

その後わかったことだが、スパゲティ・スクワッシュというかぼちゃを真二つに割ると、その中味の繊維がちょうどスパゲティ状になっているのである。蒸してみると、ほんとに茹でたスパゲティのように、つるつると出てくるので、それをスパゲティみたいに肉料理などのつけ合わせにして、フォークでスパゲティのように巻いて食べる。知ったかぶりして、嘘をついてしまって、田川さん、ごめんね。

# 夢

エリ・ヴィーゼルの『今日のあるユダヤ人』を読んで、それから武田百合子さんの『富士日記』を読んで眠ったら、富士で百合子さんとヴィーゼルがなぜか一緒に暮している夢を見てしまった。夢のことを研究する科学者たちは、夢を見る時間というのは、きわめて短い、ほんの一瞬であるというが、その夢はえんえんと続く長い夢だった。夢の中の百合子さんはなんとなくとてもきちんとした感じがして、わたしは肩身のせまい気持になった。夢の中のヴィーゼルはいつものようにユーモアとしんしんとした悲しみをその目にたたえていて、やはり生きながら幽霊になったような感じがしたが、彼は破れた足袋をはいて、たたみの部屋をほうきで掃いていた。寝坊して起きてきた私に「きみは音楽はどのような方法で聴くのか」とたずねた。「コンサートとレコードで聴きます」とわたしは答えて雨戸を開けた。わたしはヴィーゼルを傷つけるような言葉をうっかり口にしてしまうのではないかととてもびくびくしながら、そこにいた。

# オムライス

毎年六月一日がくると、ポール・ラドゲイトは彼の家の前庭にしつらえた台にたくさんの野菜を並べて八百屋に変身する。自分のところにも畑をもっていて、きゅうり、なす、トマト、レタス、とうもろこしなどを栽培しているが、なにしろ種まき、草取り、とり入れをぜんぶ一人でやるのだから、そんなに作れない。第一イサカは春がくるのがおそいし、夏がくるのもおそいから、自分のところで作った野菜を売るだけでは商売にならない。そこで彼は妻と娘を朝の三時に起こし、シラキューズの青物市場へトラックで仕入れに行かせる。自分は十時頃まで寝ている。夜は十時まで店番をしているからだ。ときには、急にニューヨークまでドライブすることを思いたった女子学生が夜中の一時頃やってきて、「ラドゲイトさん、野菜を売ってくださいな」とドンドンと玄関の扉を叩くこともあるので、たいへんなのだ。

そのポール・ラドゲイトのところへはじめて行ったとき、わたしが日本人だとすぐわかったらしく、「こんばんは」と日本語でいった。午前十一時だった。つぎには、もう日が暮れてから、夕涼みかたがた行ったら、「おはよう」。いちいち八百屋さんの日本語をなおすのもやっかいなので、わたしも「おはよう」といった。

すると、すっかり満足して、彼はかつて朝鮮戦争をたたかい、兵士の休暇は日本ですごした、と語った。そこで日本語を少しおぼえた、と。じつは「おはよう」は朝のあいさつなのですよ、と注意すると、「ああ、さかさまになっちゃった、なにしろ二五年も昔のことだから」といって、ハッハッハと笑った。

ああ、あの日本での休暇こそ、青春のもっともすばらしき思い出、と彼は語り、とりわけ、おいしい日本の食事の話をした。「日本語はほとんど知らなかったから、レストランで食べるものはいつもきめておいたのさ。でも、もう、その食べものの名前が思い出せない。きみは知っているだろうか。ごはんに味をつけて、それを薄く焼いた玉子で、くるりとくるんであって、それをスプーンで食べたのだが……」

「それは、オムライスでしょう」

「おっ、そう、オムライス！　オムライスといった。僕はね、オムライスばかり食べましたよ。それしか名前がおぼえられなかったし、それが大好物になってしまって。中毒になったみたいに、オムライスばかり食べた。僕の日本語の知識は、日本人にオムライスの調理法をたずね、それを記録しておくには不充分だったから、ついに誰にも作りかたをきくことができず、残念なことをしたと思ってね」

「あれはね、ごはんにちょっとケチャップなんか加えて調味するんですよ」と、わたしはついうっかりいってしまった。

「ケチャップだと！　とんでもない！　にほん人はケチャップのごとき、アメリカ的に堕落した調味料など使いません」とおこられた。

にほんのオムライスの夢を、このいなかの八百屋にきて打ち破るべき義務がわたしにあるだろうか？　知識と情報の正確さの名において、ラドゲイト氏の二五年前の誤解を正すべき義務が？　彼がにほんを訪れることはもうないだろう。またアジアのどこかの戦争にアメリカが出かけて行くことがあっても、彼が行くことはもうないだろう。
オムライスにケチャップなどは入っていない、とわたしと彼は沈黙のうちに合意した。

ポール・ラドゲイトは薬味用の植物もいく種類か作っている。パセリ、バジリコ、タラゴン、ういきょう、いのんど、はっか、タイムなどを、売り場になっている場所をかこったビニールの幕の裏の一角に作っていて、いのんどとタラゴンくださいな、とたのむと、その幕の裏にふいと消えて、小さな花束のようにまとめた薬味の植物を手にしてもどってくる。「お代はいらない。お客にはこれはただであげることにしてる」といつもいう。ただし夏の盛り、そこらの学生や彼の甥や姪がアルバイトで手伝いにくると、彼らは一束につき三十セント必ず請求する。ポール・ラドゲイトその人から買わないと、「お代はいらない」とならない。

彼は何につけても、気前がよいのだ。わたしの夫が自分の家の庭木のことかなんかで相談して、「日が当たらないので、残念だとは思ったが、楓の木を伐り倒したら、隣の家の主人が、まるでマッパダカになったようないやな気持だ、と訴えるので、では、小さな木でも隣との境に植えようかと思うのだけど、何がいいかしら……」というと、ポール・ラドゲイトは、「それにはあんなのがいい」と庭の片隅に生えている木を指さし、「ほしけりゃあげるよ」

「ただし、自分で抜いてっとくれ。木は大きな穴を掘って抜くのが大仕事、それがいやじゃなければ、あげるよ」というのだったが、間髪を入れず、わたしが夫に「そんなこと、とてもわるい。よそさまの家の庭に生えている木など、それ、おいそれと抜いたりしてはいけませんよ。すぐそんな気になるタイプだからね、あなたは」とクギをさしたので、夫は軽く口をあけたまま、その木のほうを見ていた。ポール・ラドゲイトは、「そんなこと気にすることたあないよ。かまわないからこそ、あげるっていったんだ。ただし、自分で抜いてっとくれ」
「自分で抜いたって、わるいことはわるいわよ」とわたしはいいはった。
「じゃ、交換条件だ。いいか。あの木をあげるから、そのかわりに、オムライスを作ってほしい。オムライスを二五年ぶりに食べて、日本のことを思い出したい」

朝鮮戦争から帰ってきて、イサカに家とわずかな土地を買って野菜を植え、前庭に屋台を出すようなかっこうで八百屋を開くようになるまでの彼はどのようなことをして生活を立てていたのだろうか。ずっとそのようなセルフ・スタイルの夏と秋場だけの青物店をやってきたのではないような気がしてならない。青物店の主人が知的なことをいうことはありえない、ときめてかかる気は毛頭ない。青物店と知性は矛盾しない。ただ、青物店主になる以前、どこかで、それとはまったくちがうことをやっていた人ではないかしら、と思えてならないのだ。

ポール・ラドゲイトの店は、一昨年までは十一月末の感謝祭までしかやっていなかった。十一月になると、もうすでに寒さは厳しい。でも去年は屋台のまわり全体に厚手のビニールシートをめぐらし、ビニールシートで屋根もふいて、ついにクリスマスまで頑張った。そうしてビニールシートに包まれた店の中では、大きな薪ストーブが燃えていた。でも、クリスマス以後は気温が零下三十度にもなり、大雪も降るので、そうなるともう彼もあきらめた。

ようやく長い冬が終り、いまイサカは春になった。四月にはまだ雪も降ったが、五月にはそのようなこともなく、水仙やチューリップが咲き出した。もくれんや野生りんごの花も咲いてしまった。そうなると、あれほど苛酷な冬がもうここにはいなくなったことが信じられないのと、花や木々の美しさに心がぼうっとしてしまうのが重なって、わたしは庭をウロウロ歩きまわるばかり。そして、隣の家の奇妙な犬――股関節はないが「血統は正しい」というボロ毛布をたたんだような姿の「ハイボール」という名の犬の頭など撫ぜてやったりして、一日中家を出たり入ったりしている。

「オランダの栄光」とか「夜の女王」とか、そういうすばらしい名のチューリップも咲いているからだ。球根は去年の秋、わたしが植えた。そして、あと二週間もすると、あのラドゲイト青物店がふたたび開くのだ。スーパーマーケットのくさった野菜や枯れた青物を買わないですむようになる。土のついたにんじんを買えるようになるのだ。そしたら、今年はポール・ラドゲイトに、農業と青物店をやる以前に何をしていましたか、とたずねてみよう。

# ヘンリーの運勢判断せんべい

「ヘンリー、それがわたしの名前」と彼はいって、握手を求める仕草で右手をさしだした。ニューヨークのチャイナタウンの中国料理店でだった。すでに一年前のことである。

ヘンリーはその料理店のウェイターだった。チャイナタウンのウェイターは香港から着いて間もない若い青年が多いのだが、彼は四十代の中年の中国人ウェイターだった。

メニューのことでちょっと質問すると、彼は「それは食べないほうがいい、あんまりうまくない」といった。そのかわり、こっちにするといい、というようなことをいって、そもそもうまい料理とは、とはじめたのであるが、やがてうまい料理の定義はいつしか彼の人生のことにおよび、「わたしはほんとはウェイターなんかやるのにふさわしい人間じゃないのだ」という告白に発展したのだ。

彼は香港で「弁護士だった」といった。株に手を出し、ついつい熱中し、そして一切合財なくしたのだ、といった。妻はその彼にすっかりうんざりして、「逃げたんだよ」。でも、娘はちゃんとわたしについてきた、わたしを最後まですてないのだ、といって、会計の金銭登録機の前に腰かけている十四、五歳の娘を指さした。

「株さえやらなきゃ、ウェイターなんかやる身分になりさがることはなかったんだ」と彼はふたたびいい、「この店は弟が経営しているんだ。弟に使われてしまうことになっちまったのさ。株が悪かった」と結んだ。

その弟が彼を呼んだ。ヘンリーは台所へ行って、注文し、そしてまたわたしたちのテーブルにもどってきた。

「女なんて冷酷なもんだ。運が傾いたらさっさと逃げるんだからな。そんな女房に未練はない。でも、今は、二番街の小さなアパートに、娘と二人暮しで、アパートはせまいし、娘がかわいそうだな。みじめな暮しだ。香港じゃ、こんな暮しじゃなかった。ほんとはウェイターなんかする身分じゃないんだ、わたしは。弁護士だったんだから」

金銭登録機のところでヘンリーの娘は、ふっくらした色白の顔に丸い眼鏡をかけて、てきぱきと客に釣銭などを渡している。「みじめな暮しだ」と感じているようにも見えない、元気な少女だ。

料理が運ばれてきてからも、彼は何度かわたしたちのテーブルにもどってきて、「人生なんてわからない」「人の運命なんてわからない」「女は男の金にしかひかれない、運が傾いたら、おさらばよ」「わたしは一刻も早く香港へ帰れるようになりたい。こんなみじめな……」と繰り返し、わたしたちが食べ終り、勘定書を受け取ったところで、彼は「ヘンリー、それがわたしの名前」といって手をさしだしたのだった。

「ヘンリー、また会いましょう」といって、四人連れのわたしたちはそれぞれ彼と握手をした。

一月ほどして、わたしたちはまたその料理店へ行った。店に入ると、ヘンリーの弟、つまり店主が「何人様?」とたずねた。「四人、ですが」といってわたしは店の中を見まわし、ヘンリーはいるかしらと探した。店の中にはいないようだった。台所かもしれない。テーブルに案内されると、ヘンリーの弟がメニューを持ってきてくれたので、「ヘンリーはきょうはいないのですか」とたずねた。

「ヘンリー?　ヘンリーとは誰のことです?」と彼は、よくわからない、という口調で聞き返した。

「あなたのお兄さんはヘンリーというのではないのですか?」

もちろん、彼の兄さんはヘンリーではない。弟にとっては兄の名はれっきとした中国語の名前だ。兄は中国人同胞以外の者たちに対してのみ、「ヘンリー、それがわたしの名前」と自己紹介するにちがいないのだから。

弟はしばらくわたしをまじまじと見て、それから「ああ」というような表情になって、「ヘンリーはもうウェイターをやめました」と無表情にいった。

「で、いまどこで何をしておられるのですか、あなたのお兄さんは？　香港へ帰られたのですか？」

「いや、まだニューヨークにいます」

「何か新しい仕事でも見つかったのですか？」

「彼はいまここの地下室でサイドビジネスをやってます」

店主はヘンリーについてはもうこれ以上話すことはないのだ、という調子で話を打切り台所へ入って行った（レストランはいいや。うるさいような客の相手にあきたら、台所へ入ってしまえばいいのだから）。

地下室でやるサイドビジネスって何だろうね、とわたしたちは話し合った。店主は「サイドビジネス」といったけど、サイドビジネスというのは本業があっての副業なのだから、それではヘンリーのこんどの「本業」は何だろうか。地下室の「サイドビジネス」とは、この店にとっての「サイドビジネス」で、もしかしたらヘンリーにとってはそれが「本業」という情況であるのかもしれない。

しばし討論のすえ、わたしたちはヘンリーの新しい仕事は食事のあとで必ず出される「フォーチュン・クッキー」の中に入っている「フォーチュン」の文章を作ることである、と結論した。

「フォーチュン・クッキー」は、なぜか、アメリカの中国料理店でしか出てこない（わたしのかぎられた体験では）ものだが、甘いせんべいがふっくらとした花のように作ってあって、それを割ると中から一枚の紙片がハラリと出てきて、それに運勢判断が書いてある。パリッとその甘いせんべいを割って、紙片の文句を読むと、たいていのお客は「ほんとうだなあ、正しいよ、この運勢判断のメッセージは」という。紙片には「良き友こそ最高の資産。友を大切にすれば、成功します」とか、「長いあいだのあなたの望み、いよいよかないます。ただし慎重が第一」とか、「毎日、必ず朝がくるごとく、あなたの人生にも必ず日が照るのです」とか、「チャンスを見て取る能力こそ、成功の決定的要素」などと正しいことが書いてあるからだ。

その後、わたしは夫とイサカというニューヨーク州北部の人口二万六千という小さな町へ引越した。大学が二つあるきりで、あとは農業と、「イサカ鉄砲会社」というおそろしい工場がある程度の小さな町である。ある冬の日曜日、久しぶりの上天気になったので、町へ出て行って「遊ぼう」「金を使うのもきょうはありで」ということになったが、いざ出かけたら、雪のあとの泥ですっかり汚れた自動車を「エクソン」のガソリンスタンドで二ドル払って洗車してもらうこと以外に、どうしてもすることが思いつかなかった、というような小さな町なのである。

そのイサカで、わたしたちは「北京」という中国料理店へ行く。食べては、最後にパリッと運勢判断せんべいを割って紙片を取り出し、「ああ、正しいや」といって暮している。ところで、先週、予定していたわけでもないのに、ふと「北京」へ行くことにして、そしていつもの通り、食べ終ってせんべいを割って、運勢判断を読むと、これがなかなか難しくて、二度三度読まないと意味がよくわからない。いわく、「退屈な人物は誰も彼をも退屈させ疲れさすものだが、彼自身は例外である」とか、「一ドルはそれが与える喜びの重さに比例した値打ちしかない」とか。

これはヘンリーにちがいない。彼にはかくのごとき哲学的おもむきがあった。マンハッタンのイーストリバーに近いチャイナタウンのあの「金疆」料理店の地下室で、ヘンリーがこれらの運勢判断せんべいの文句を考えているのだ。「金疆」料理店そのものが地下室であるのだから、その地下室とは、日の光のいっさい入らぬ地下二階というわけである。ヘンリーの運勢判断せんべいは、運勢判断というより、「ことわざ」である。「ことわざ」とはふつう長い歴史の経験などを通して、人々が集団的に発想し結論した知恵をいうものだが、ヘンリーは日もささぬ地下二階で、独力で「ことわざ」を製造しているのである。一日いくつ考えたら、それは商売として成り立つのだろうか。サイドビジネスとは呼べない、きびしくも創造力のいる仕事である。

だが、その彼の暗い地下室での哲学的たたかいの結晶は、それぞれ1.5センチ×6.5センチの紙片に印刷されて、花のような形の甘いせんべいの中にひそみ、アメリカ中の中国料理店に運ばれる。中国料理店が一軒もない都市というのは、広いアメリカの中でもまれだから、マンハッタン島から出発するヘンリーの運勢判断せんべいは、やがて、アメリカの都市を蜘蛛の巣のようにおおうぞ。「ウェイターをやる身分じゃないのだ」といっていたヘンリーは、そのようにして新しい道をみつけたのだったか。

それにしても、ヘンリーの最近の作品はさえている。先日のわたしの運勢判断せんべいに入っていた札には、「過日あなたが受け取った運勢判断せんべいの札にあった言葉などは、徹底的に無視せよ」とあったのだ。

# 鯨が生んだ鱒

# 『アメリカの鱒釣り』の表紙の町

サン・フランシスコ。一九七三年。一九七四年。わたしがリチャード・ブローティガンの処女作『アメリカの鱒釣り』の翻訳にとりかかったのは、サン・フランシスコでだった。翻訳を終えたのも、サン・フランシスコでだった。『アメリカの鱒釣り』のなかで、この町のしめる役割はとても大きい。だから、わたしがサン・フランシスコで『アメリカの鱒釣り』の翻訳をしたのは、じつは偶然だったとはいえ、とてもぐあいのよいことだったと思う。

ぐあいがよい、というのは、いうまでもなく、『アメリカの鱒釣り』にでてくる具体的な場所や物が、どのようなものを背景にしてあるのか、どのような空気を周囲に漂わせてあるのか、そういうことをじぶんの目で見て、そうなのか、と理解したりすることができるということだ。

けれども、いっぽう、わたしがサン・フランシスコの、たとえば、ワシントン広場の水飲場や砂場、またその附近の街角などに向ける視線は、いまではもう曇りないなどというものではなくなってしまった。

サン・フランシスコは、妄想のサン・フランシスコとなった。それというのも、この奇妙な鱒釣り読本のせいなのだ。

パシフィック・ハイツに住んでいたわたしは、三ブロックほど坂をおりて、ユニオン通りまで歩き、バスを待つ。バスがくれば、乗る。しばらく乗っていると、バスはヴァン・ネスを横断したあたりから少しずつ登りはじめ、ハイドあたりまでくると、車体はほとんどたてになってしまう。左手、ずっと下のほうに、サン・フランシスコ湾が見える。

バスは、ギーギーと急ブレーキをかけ続けながら、こんどは『アメリカの鱒釣り』の表紙にむかって、頭からつっこむような恰好で下って行く。バスの揺れと、上向いたり下向いたりする動きのせいで、うっすらと吐気がする。コロンバス通りの角で停車するころには、いつだって、わたしの目は血走っている。

そして、そこは、妄想の広場。『アメリカの鱒釣り』の表紙の広場。

わたしは〈アメリカの鱒釣りちんちくりん〉の姿をさがす。いない、どこにもいない。どうしたというんだろう？　生気のないヒッピーが数人、芝生のうえでゴロゴロしてるだけじゃないか！

とつぜん、わたしはわたしのうしろに、〈アメリカの鱒釣りちんちくりん〉がいるな、と感じる。かれがカキ消えるように姿をくらますまえにと思って、パッとわたしは振りむく。やはり、いない。ただ例の巨大な白い教会が、空から落ちてきそうな感じで、聳えているばかり。ほんとうの冬も、ほんとうの夏もないこの町の二月。空は青い。めまいがする。

何度行っても、とうとう〈アメリカの鱒釣りちんちくりん〉には会えなかった。

でも、〈アメリカの鱒釣りでぶちん〉には、いくどか会った。

〈アメリカの鱒釣りでぶちん〉は、バス通りに面したベンチに、股を開いてドッカとすわり、バスを睨みつけていた。赤ら顔して、安いワインで、目玉は火事のようだ。バスを睨みつけていると、いつかは、フイになったかれの夢がバスから降りてくるところをふんづかまえることができる、そう思っているような様子だった。すると、また、教会の鐘が鳴る。でも、ほんとうに鳴ったのかどうか、わたしにはよくわからない。わたしの妄想のなかで鳴っただけかもしれない。

わたしのサン・フランシスコは、このように現実とまぼろしがだきあい絡まりあって、それこそ、どんなに大きなカナテコを持ってきても、そのふたつを引き離すことができない。それというのも、この奇妙な鱒釣り読本のせいなのだ。

それればかりではない。わたしは、ある日、気がついた。このわたしが、じつは、サン・フランシスコ人の妄想のなかに棲んでいるらしい、と。現実には、もうひとつの顔があったのだ。

ある日曜日の午後、わたしは東京からやってきた妹を連れて、ギアリー大通りの劇場へ行った。なんだかその日は、その辺りの感じがいやにゴタゴタとしていた。

と、とつぜん、歩道を歩いているわたしを、だれかが怒鳴りつけているではないか!

見ればおしめの布のように白茶けた顔色の初老の男だ。

「オイ、おまえはばかか、トンマか! 歩道というのは右側通行だ。おまえは野蛮なシナジンだな。文明を知らない、野蛮のシナジンは、シナへ帰れ!」

その口調やさえない服装からいうと、オイ、テメエ、ブッコロシテクレル!といっているのとはちがう。いわば、なにもかも、一切合財ひっくるめて中途半端のかたまりみたいな、夢心地の初老の男だ。失意の匂いのする男だ。

わたしは咄嗟に怒鳴り返した。

それから二週間たった。あれもやはり日曜日だった。こんどは、東京からやってきた妹といっしょではなく、夫とユニオン通りを歩いていた。もう町には夏が来ていたので、日増しにうそ寒くて、空がどんよりと重くなりはじめていた。

またしても。

と、とつぜん、なのだ。

こんどは女だった。ネッカチーフをギューギューと顔を締めつけるようにかぶった、初老の女。こんどもなぜか、顔はおしめのように白茶けた感じで、全体が、こうボワーッとしている。そして、ふしあわせと憎悪が、悪い体臭のように匂いをたてる。

「あんたっ！　非米的悪の者ども、シナジン、シナジン！　地獄へおちろ。この、非米的アカ」

そう、怒鳴るのだ。指さして。中国人をもっとも卑しめていう呼びかた、チンクということばまで使っていた。

わたしは、ほんとうをいうと、このときカッとしなかった。カッとしたのは、あとになってからだった。そのときは、わたしは頭が完全にしびれてボーッとなったのだ。その女の白っ茶けたくさいような色彩が、わたしの頭を侵略して、広がった。わたしはよくわからなくなってしまった。わたしは、なるほど、非米的アカかもしれない。だが、中国人かな。けれども、中国人と見まちがわれたということは、全くどうでもよかった。中国人がののしられていたのだ。そして、わたしがののしられていたのだ。

ところで、中国人。

そうだ。サン・フランシスコのチャイナ・タウンこそ、〈アメリカの鱒釣りチャイナ・タウン〉ではないのか。

ポーツマス広場と呼ばれる、樹木のまばらな公園では、テーブルの上にペンキで碁盤目がじかに、永久的に画きこまれてある。そこでは、今世紀初頭に広東省の貧しい村から、やがてはいくらかの富を手にして帰るのだと思ってやってきたが、とうとうそのまま年老いてしまった男と、きのう香港から着いたばかりの少年のような青年が、おぼろな陽光のなかで将棋をさしている。

老いた男は、福祉手当金をもらって生活しているが、とても誇り高いので、いつでも、古くても手入れのいきとどいた黒っぽい背広を着ている。何の設備もないような下宿屋風のアパートに住むかれらは、一日に二食しか食べることができない。かれらは、〈独身組〉と呼ばれる男たちだ。ひとかせぎしたら、やがては広東省の村の妻子のところへ戻るか、あるいは妻をカリフォルニアに呼びよせるつもりでいた者たちなのだ。それが、手に入るはずだった金は得られず、中国からの女性の移民をいっさい禁止する法律が制定された（一九二四年）ために、妻や子を呼びよせることもできず、かといって、カリフォルニアでは一九四七年（！）まであった異種族混交結婚禁止法（！）によって、現地の白人と結婚することもできず、かれらは永遠の独身者となってしまった。サンタ・フェ鉄道をはじめとして西部の鉄道敷設や鉱山で、これらの男たちがどれほど苛酷な労働をさせられたか、そのことはアメリカ史の教科書などにはぜんぜん出ていない。

ポーツマス公園から歩いて五分ほどの、『アメリカの鱒釣り』の表紙の広場、ワシントン広場では、年老いたイタリア人たちが永遠のパスタや目ぼうきを夢みながらゆっくりと死んでゆくのなら、ポーツマスでは年老いた中国人たちがまぼろしの広東省を夢みながら、ゆっくりと死んでゆくのだ。一帳羅の黒っぽい背広に身をつつみ、暗色の帽子を被って。

ポーツマス広場公園には、いつも数人、白人のアル中たちがまぎれこんでいる。

かれらは垢にまみれて、赤ら顔の不精髭だが、陽だまりで中国人たちの将棋を何時間でも見物している。おおむね沈黙のアル中たち。

さて、きのう香港から着いたばかりの少年のような青年たちは、こうして将棋をさしているが、先の見通しはついているのだろうか。もちろん、そんなものはない。明日からのことがわかっているなら、広場で年寄り相手に将棋をさしてはいないだろう。かれらは失意の年寄り相手に将棋をさすことこそ、天から授かった一世一代の大仕事であるかのような真剣なまなざしで、外野のうるさいちょっかいに動揺するふうもみせず、何時間でもすわりつづける。かれらは何週間かをそうやってすごしたあと、やがて、ストックトン通りに軒並みに並ぶ食料品店の店員になるのだろう。あるいは料理店のウェイターになるのだろう。喧嘩がつよければ、ギャング団に入れるかもしれない——。

——おれはね、一九二六年生まれだよ。第二次大戦じゃ、始めっから終りまで兵隊やってね、南太平洋や、そのほかもいろいろ見てきたけどね、結局、ここ、ここしかないんだな。香港とか、ヨーロッパなんて全然行きたくない。だって、ここ、ここには、すごくいろいろあるからねえ。――ほかの公園で働いたこともあったけど、そしたら、この中国人の公園が、もう全然ひどいことになっちゃってさ。だから、戻ってきたの。植木の手入れしてさ。きれいになってるだろ？　便所の掃除もするよ。おれの職名は庭師だけど、ほかの雑役もやるんだよ。

いまじゃ、ビートニクとか長髪とか、いろいろ来るよね。なんとなく問題を起こしそうな感じで入ってくるんだ。そういうときには、「どうかい、調子は？」ときいてやる。「ちょっと、腹ペコでさ」なんていうときには、朝めしおごってやるよ。おれは皆と仲良くしてる。アル中も浮浪者も、ヤクの中毒者もいるよ。

月曜日にきてみると、そこらのベンチにでっかい血だまりがあることがあるよ。

おれがいるあいだには、そういうことは起こらないんだ。四時に帰ってしまったあとだとか、週末とかに、そういうことになるんだね。ここにいる連中の大半は、サン・ブルノ〔州立精神病院〕にいたことがあるのさ。出たり、入ったりしてるんだ、ずっと。

　市はね、なんにもしてないよ。おれはね、自前で百ドルも出して、芝刈機買ったんだ。市がね、まだ古いので充分である、とかいうからさ。ボロなのにさ。じぶんの芝刈機で、ここの芝を刈るんだよ。

　向い側に、ホリデイ・インを建てるんだってことよ。そこに、中国文化センターを設ける計画だって。美術品とか、そういうものを展示するらしい。でもねえ、どうなるんだろうねえ。だって、雨期がきたら、公園の連中は、きっと中に入りたがるからね。奴ら、いったいどうするつもりかな。

（ポーツマス広場公園庭師からの聞き書の一部。ウォーレン・スーエン、四六歳。ヴィクター・ニー、ブレット・ニー共著『ロングタイム・カリフォーン』プロローグから）

## 『アメリカの鱒釣り』の表紙の男

『アメリカの鱒釣り』の表紙の男は、ある日のこと、『アメリカの鱒釣り』の表紙の顔をして、サン・フランシスコは日本町の「スエヒロ」でスキヤキを食べているところを、わたしに目撃された。かれは、じぶんの作品の翻訳について知るのは、じつに怖しいのだといった。

オランダで『アメリカの鱒釣り』の翻訳が出た。そこで、どんなことになっているのかなと好奇心を起こしたばっかりに、訳者のつけた註が、たとえば、「本書の表紙への帰還」で〝熱帯の花〟とあるのは同性愛者のことを意味するのである、となっていることなどを発見して、ぞっとしたり失望したりしたのだという。

それ以来、自分の作品の翻訳がどうなっているのか、できるだけ興味を持たないように努めている、という話だった。

「それは、お気の毒ですが」と、わたしはいった。それから、「さて、わたしとしてはいろいろ聞いてみたいことがあるのですから」と会見を申し込み、「スエヒロ」ではそのまま別れた。

一週間ほどして、わたしは、ギアリー大通りの大喧噪のまっただなかに、洞窟のようなたたずまいで、通りにじっとしがみついているようなアパートに、ブローティガンをたずねた。

寝室、居間、書斎、客間など、あらゆる機能をにならうらしい小部屋の床には、ペンキ絵の鱒が泳いでいた。灰色に塗られた木の床に、薄青色の鱒が目を細めている。なんとなく笑っているような感じだ。

本棚のうえに、透明で、まったいらに薄くつぶれた鱒がいる。

ビニール鱒。

浮袋に見られるような空気穴が、鱒の腹の下側についていて、そこから息を吹きこむのだ。すると、ゆっくりと、鱒の姿がふくれあがる。鱗や目やえらなどが、黒インクで印刷してある。

「知らない人から送ってきたんだよ。旅行するときは、いつも、こいつを連れて行く。とくに、飛行機で行くときはね。シャツのポケットに入れておいて、スチュワデスがまわってきて、おのみ物は、ときいたら、マーティニ二杯！ というのさ。スチュワデスは、かならず、えっ、たしかに二杯といわれましたか？ と聞きかえすからね。そうしたら、おもむろに、このビニールの奴をとり出して、プープーとふくらませるのさ。

そうさ。こいつも、一杯やるからね。

そう答えるんだ」

ブローティガンは、天気の良い冬の日など、ユニオン広場へ出かけて行く。すると、たいてい若い読者が、めざとくかれをみとめて近づいてくる。そして、かれらは、ブローティガンという作家が『アメリカの鱒釣り』という小説で、いったい何を書こうとしたのか、ブローティガンに向かって、詳しく教えてくれる。「イエスを信じよ」運動の若いメンバーもそうだった。かれは、ブローティガンの姿を見て、ブローティガンだとわかると、「イエスを信じよ」の説教もそっちのけで、『アメリカの鱒釣り』はどういう意図で書かれたものか、ていねいに説明してくれた。

そんなことがおもしろくて、ブローティガンはユニオン広場で、ぶらぶらしてる。

でも、夏がくると、かれはモンタナのランチへ行ってしまう。そして、十一月まではサン・フランシスコには帰ってこない。寒さが我慢できなくなるまでモンタナにいるのだという。ランチでは牧童のように暮すのだろうか。

多くのカリフォルニアの住人たちが、他所から移り住んできた者たちだという例にもれず、ブローティガンも、太平洋岸北西部と呼ばれるワシントン州からやってきた。

かれの家族の名は、かつてはブラウティガムだったという。ドイツ系の名前だ。第一次大戦のころ、ドイツ系のアメリカ人たちが、いろいろ冷いあしらいをうけたとき、ブラウティガム一家は、ブローティガンと、その姓を変えた。これだと、アイルランド系として通用するという。

「すこし大人になると、理性が芽生えてきたからね。そのとき、ぼくはカリフォルニアに移るときめたのさ」


太平洋岸北西部からやってきたわたし——。あそこでは、自然が人間とミニュエットを踊る。わたしとも、かつて、踊ったのだ——。呪われた土地。

わたしはあそこから、わたしの知っていたあらんかぎりのものをたずさえてカリフォルニアにやってきたのだった。今とはまったく違う生活。その長い歳月。もう二度と戻ることのできない、また、戻りたいとも思わない生活。

ときには、あれはわたしのではなく、わたしにどことなく似ただれかべつの子供の生活だったのではないかとさえ思われてしまうのだ。

今晩は、どのようなことばでも、また、どのような具体的なことがらとしても説明できないある感情に悩まされている。ことばでよりも、糸くずの次元で描写されるほうがふさわしいような感情だ。

わたしは、わたしの子供時代のさまざまな断片をしらべていた。それらは形もなく意味もない遠い昔の生活の破片なのだ。まるで、糸くずのようなものなのだ。

（『芝生の復讐』）

# はじまりとおわり

ブローティガンの中では、たえず、連続と不連続がせめぎあっているようだ。貧しい幼年時代のじぶんと、サン・フランシスコに住む成人したじぶんとの間の不連続には、同時にある連続の意識が重ねあわされている。これは、ブローティガンという個人の心理分析ということでいうのではない。ブローティガンという作家の小説と詩に、連続と不連続のせめぎあいがたえず顔を見せていて、それがかれを特異な作家にしているという気がするのだ。

たとえば、『アメリカの鱒釣り』には、失意、死、死の影、墓場、終末がふんだんにあるということを捉えて、『言葉の都市』という評論集を著わしたトニー・タナーなどは、六〇年代のアメリカの作家に共通のテーマとしてある〈アメリカの夢の終末〉ということを語るなかで、『アメリカの鱒釣り』の世界の重要な部分を、そのテーマの中に解消しようとする。

たしかに、『アメリカの鱒釣り』では、多くの死や、墓場が語られる。終末的なイメージにあふれている。ところが、作品は全体としては終末的な感じを与えない。なぜだろうか。

『アメリカの鱒釣り』の、その作者の鱒釣りをとってみると、これはどうも、じぶんがやってくるまえにもうすでにあったもので、現在もまだある、というものだ。ところがいっぽうでは、じぶんがやってきたときには、すでに奪われたもの、失われたものとしてあった、という感じもあるのだ。

かれの人生の最初の鱒釣りでは、鱒釣りはたしかにすでに奪われていた。冷い水しぶきを上げる滝と見えたものは、白いペンキを塗られた木の階段だった。そして、この小説の終り近く、作者はクリーヴランド建造物取壊し会社をたずねる。この建造物取壊し会社が、第一義的に象徴するのは、物質文化のデカダンス、広大な浪費の原野といったものだろう。そこに作者は鱒のいる小川が切り売りされているのを見つける。これは表面的には、〈夢の墓場〉であるように思える。鱒の釣場を求めて歩く語り手が最後に行きついたのは、自然を切りとり、その破片を都市に持ちこんだあげく、鱒釣りまでをも金銭で売買することができるようになってしまうというある結末であるように見える。おそらくは、なんらかの価値観を表すものであっただろうかつての鱒釣りは、ここに商品化され、断片化されてしまった。かつての意味は、その息の根をとめられた。そういうメッセージがこちらにとどいてこないということではないのだが、かといって、ここにあるのは、文明批判的な悲痛な調子なのだろうか。わたしは、いちどだけ、そう信じてみようとしたのだが、結局うまくいかなかった。どうしても語り手の笑い声が聞こえてしまう。コロラドの山の奥深くから運ばれて、切り売りされる鱒のクリークの水底にザリガニの姿が見えてしまう男は絶望しない。笑っている。

終末を、そうでないものにしてつき返してくるこの語り手のことばは、どういう質を持つのだろうか。

ブローティガンは『芝生の復讐』のある章で、『アメリカの鱒釣り』は鱒釣りについて徹底的に語る小説であると同時に、鱒釣りをとり囲む環境を映しだす万華鏡なのだといっている。また、『アメリカの鱒釣り』に入るはずで、原稿が失われてしまったために収録されなかった二つの物語を、アメリカを透察する文章と呼んでいる。

わたしはここで、デイヴィッド・グッドマンがサン・フランシスコのシティ・ライツ・ブックス書店について述べたことを思い出す。

シティ・ライツ・ブックスとは、五〇年代の、ファリンゲッティとかギンズバーグなどのビートニックの詩人たちの本を出した出版社兼本屋であり、今でも、アンダーグラウンドの出版活動の一種の象徴として、広く尊重されている。

しかし、一歩足を踏み入れた途端、いやになる、すぐ逃げたくなる。この本屋はアイデアを乱射する放射装置なのだ。近づくと放射能症にかかる。汗をかいて、目がチカチカして、ふらふらになる。
シティ・ライツ・ブックスの他の棚には、単行本と定期刊行物がずらりと並べてある。これらの本の内容は様々だが、共通点は、その方法論である。それは分析による、対象への接近なのである。分析法によると、ある現象をその構成要素に分けることに成功すれば、その現象を「理解」したことになる。(中略)いってしまえば、これは線的時間が独裁的に支配する算数的方法であって、こういう本を扱う本屋は、自分の意向がどうであろうと、アイデアを乱射する放射装置になってしまう。(中略)シティ・ライツ・ブックスは遠心分離機として機能し、ほとんど求心力を発揮しない。

(『宝島』一九七四年八月号「街の灯」)

「アメリカの夢の終末」を語る目的でもなく、破壊された自然に捧げるエレジーとしてでもなく、文学の意匠や生活様式の変革を万能薬として説く断片化された想像力の結果としてでもなく、きわめてトータルな、それゆえに勇気ある企てとして、この『アメリカの鱒釣り』は生まれてきたのではなかったか。

この小説の表紙が、作者とベンジャミン・フランクリンの、ワシントン広場における写真であることを考えてみたい。

ベンジャミン・フランクリン——アメリカのはじまり。アメリカの夢のはじまり。そして、銅像として半永久的に固定されたその男のまえに立つのは、アメリカの鱒釣りから帰ってきた男である。けれども、書かれた物としての物語『アメリカの鱒釣り』は、これから始まるのである。ということは、表紙の男は、これからでかける、というふうにもいえる。

ブローティガンのことばは完了しない。いつもそれはつぎのはじまりを予期させる。そして、同時に、はじまりは、いつもおわりをのみこんでいる。そして、そこで、わたしたちは、たしかにひとつの現実にふれた、と感じるのだ。

ブローティガンのことばは幻想的だ。幻想は、人工的に現実を完結させない、と思う。むしろそれは、現実を逆探知する回路なのだ。そして探知された現実は、わたしたちの思想を完結させるものとしてあるよりは、完結しがちなわたしたちの洞察を揺さぶるものとしてある。人工的に現実に終止符を打てると予定する想像力を敵にまわして、ブローティガンはアメリカを描いてみようとしたのだろう。かれの心を惹きつけたのは、思想ではなく現実だった。現実に近づけば近づくほど、かれの語り口は幻想的になるようだ。

ピッツバーグからやってくる鋼鉄の鱒のこと。そして、死んだ魚の目が、鉄のように硬直していること。ソルト・クリークのコヨーテは、サン・クェンティンのガス室を思い出させるばかりだし、せむし鱒は釣糸を通って、救急車のサイレンとなり、赤い電燈を明滅させて、こちらに向かって驀進してくる。しかも、そのせむし鱒は、一万二八四五基のヴィクトリア朝風の電話ボックスのクリークにいたのだ。アメリカの鱒釣りの世界は、幻想の万華鏡を通過して、はじめて奪還される。アメリカのリアリティが奪還される。掘りおこされる。

おわりとはじまりを同時にはらむ、未完の現実として。

そこでようやく、わたしたちにも死んだ魚の目が見えてくる。せむし鱒のエネルギーが見える。建造物取壊し会社で売り出し中のクリークの水底をはうザリガニのなにやら忙しそうな様子が見える。

ブローティガンの幻想は、都市化社会・工業化社会からの、とりあえずの逃走者としての〈自然主義者〉のそれではない。まぎれもなく鋼鉄とガソリンの二十世紀に、その刻印をひきうけたところで、鱒釣りの物語を語るのだ。

〈自然の詩《うた》〉

月は
ハムレット
オートバイに跨って
やってくる。
暗い道を——
やつは　黒い皮の
ジャケットを着て
ブーツをはいている。

ぼくは
行くところもない。
ひと晩中
こうして
乗りまわしていよう。

（『ピル対スプリングヒル鉱山の惨事』）

キャンプ熱（自然熱）がコールマン灯の不浄の白色光そのものである世紀。ミズーリ河だって、もうディアナ・ダービンの映画に見えてしまうかもしれない。鱒を求めて旅する男が最後に行きついたのは、クリーヴランド建造物取壊し会社で、鱒のクリークは、真珠色に輝く陶器の便器売場をぬけて行って、やっとあった。

黒いライ麦パンにはさんで、オートバイひときれ、くださいな。
飲みものはいかがですか。ガソリンでも?

いえ、いえ。けっこうです。

（『ビッグ・サーの南軍将軍』）

〈ロメオとジュリエット〉

ぼくのために死んでくれるのなら
ぼくもおまえのために死ぬよ

そして　ぼくらの墓場は
セルフ・サーヴィスの洗濯場で
衣服をいっしょに洗う
ふたりの恋人たちの姿になるさ。
きみは洗剤をもっておいで
ぼくは漂白剤をもってゆくよ。

（『ロンメル将軍はエジプトへ』）

## 連続と不連続

アメリカの、いわば〈集団的想像力〉の連続と不連続という視点から、『アメリカの鱒釣り』を考えてみることはできるだろうか？　失われたものであって、同時に失われていないもの——それは、たとえば、つぎのようなイメージで顔をみせる。

ビッグ・サーまでヒッチハイクしてたら、モウビ・ディクが車をとめて、ぼくをひろってくれた。かれはサン・ルイ・オビスポまでトラックを運転していたんだが、トラックにはかもめを満載していた。

「鯨でいるより、トラック運転手のほうがいいかい？」と、ぼくはきいた。

「ああ」と、モウビ・ディクはいった。「ホッファーのほうがさ、おれたちにやさしいからな。エイハブ船長よりさ。あん畜生ときたら。」

（『ピル対スプリングヒル鉱山の惨事』）

たしかに時は流れた。そして、勇壮な、「不朽の海洋文学」は、幻想的なクリーク文学へと変ったのだ。

『白鯨』の時代、たたかいは可能だった。エイハブ船長がモウビ・ディクの呪縛から自由になろうとするたたかいが。それは勝利にはおわらなかったが、たたかいという思想は可能だった。男たちの男らしい冒険とか精神力とか、未知の地への憧れ、危険を冒すこと、恐怖とのまじわり、はるかなるものへの渇望、ヒューマニズムのインターナショナリズム。そういうことが思想としてありえた。

けれどいま、男たちは男であることが難しくなった。未知の地はすでに冒されつくして、はるかなるものはねじふせられた。

激しい幻想のうちに、無限の鱒の行列がふたつずつ――　（『白鯨』阿部知二訳）

メルヴィルは、そう書いたのだった。けれども、いま、「激しい幻想」のうちに浮かぶのは、電話ボックスにかくれている鱒たちの姿である。

題名から考えても、これはヘミングウェイの「ヨーロッパの鱒釣り」というのを下敷きにしていると思えないか、と教えてくれた人がいた。

「ヨーロッパの鱒釣り」というのは、ヘミングウェイが「トロント・スター・ウィクリー」の記者をしていた頃のもので、一九二三年十一月十七日の日付けがある（ヘミングウェイ全集、第二巻、三笠書房）。四篇のごく短い文章からなる記事で、ドイツやスイスやイタリアで鱒を釣るとどうなるか、どのような人々に出会うのかというようなことが書いてある。ドイツでは許可をもらうのが面倒だから、とにかくいい川を見つけたら釣ってしまう。見つけて文句いうやつがいたら、マルク貨をつかませる。あるいは、ドル紙幣にものをいわせる。そんなことも書いてある。

どうも、これは『アメリカの鱒釣り』の下敷きにはなれない。そう思いながら、とにかくこのヘミングウェイ全集第二巻『狩と旅と友人たち』に収められた魚釣り関係の文章を全部読んでみた。「最高のにじ鱒釣り」、「スペインの鮪釣り」、「ローヌ運河で魚釣り」、「モロ沖のマリーン」など、いろいろある。「モロ沖のマリーン」には、次のようなくだりがある。

そうだ、これは象狩りではない。しかし、私たちは釣りでスリルを満喫するのだ。

しかし、突然に未知のあらあらしい巨大な魚があらわれる海に出ること、諸君の力が彼の力とあいわたるあいだ、彼の生と死、一時間も彼が諸君のために生きているということは大きなよろこびだし、その魚がすむ海を支配しているこういう生きものを征服することには満足がある。（中田耕治訳）

これは、相もかわらず、スリルと支配と征服の満足という男らしさのくに。ブローティガンは、おそらく、そういう男ヘミングウェイからはずいぶん遠い。いま、男らしいとはどういうことか。アメリカの男たちにとって、どういうことなのだろうか。ケッチャムで、じぶんの頭を猟銃で撃ちぬいて滅びた男の始末は、男らしさのくにのひとつの結末ではなかったか。ブローティガンは、「最後にアメリカの鱒釣りに出会ったときのこと」で、こう書いた。

> 最後にかれと会ったのは、七月のことで、ケッチャムから十マイルのビッグ・ウッド川でだった。そこでヘミングウェイが自殺した直後のことだったが、わたしはまだかれの死について知らなかった。サン・フランシスコに帰って、『ライフ』を読むまで知らなかった。事件から、もう何週間も過ぎていた。表紙がヘミングウェイの写真だった。
> 「ヘミングウェイがどうしたってのかな」とわたしは独り言をいった。雑誌

を広げてページを繰ってゆくと、死んだと書いてあった。〈アメリカの鱒釣り〉はその話をしなかった。知っていたに違いない。きっとうっかり忘れたのだ。

ブローティガンの関心は、ヘミングウェイよりも、ずっと原型的なものにむけられている。それは、『白鯨』だったかもしれない。そして、メルヴィルのシンボルは、いまや、カリフォルニアの白いハイウェイを疾走するトラックの運転手だ。『白鯨』と『アメリカの鱒釣り』は連続し、そして断ち切れている。トニー・タナーの指摘で気づいたことであるが、『白鯨』の七章に、ニュー・ベッドフォードの「捕鯨者教会堂」のことがでてくる。大海原で命を落した勇壮な男たちの墓だ。碑は大理石である。そのうちのひとつ――

ジョン・トルボットの聖なる思い出のために　一八三六年　霜月朔日
パタゴニア沖　荒島《デソレーション・アイランド》　の近くにて海中に溺没す　享年十八歳

この碑はその追憶のために
姉これを建つ

メルヴィルの水夫たちは、荒島《デソレーション・アイランド》なんていう劇的なかっこういい名前をもつ島の近くで、男らしく死ぬことができた。ところが、ブローティガンの男たちは、もうそんなに恵まれてはいない。「墓場の鱒釣り」を思いだしてほしい。

ジョン・トルボットの思い出のために
一九三六年　霜月朔日
一パイ呑み屋で　尻撃ち落された
享年十八歳
枯れ萎えた花を挿した
このマヨネーズの空瓶は

今は
瘋癲病院に暮らす
かれの妹が
六ヵ月まえに供えたものだ

そして、鯨を追うあの青ざめたエイハブは、いまやアル中の不具者〈アメリカの鱒釣りちんちくりん〉になりさがった。それだけではない。エイハブの脚はモウビ・ディクが嚙み切ったが、〈ちんちくりん〉の脚は、鱒がもっていったのだ。

もうひとつ。『白鯨』のことでいえば、言語ということがある。

メルヴィルは『白鯨』の冒頭に、「語源部」をつけた。ブローティガンは『アメリカの鱒釣り』のおわり近くに、言語起源説を引用した。メルヴィルは、鯨がイメージとして、聖書の「創世記」このかた、どれほど重要なものとして現われているかを、文献の項で示している。鯨を主題とするじぶんの物語の歴史的連続性を立証するかのように、メルヴィルは、鯨ということばにはりついた意味を、いわば、歴史的にうけついでゆくのだ。

ところでいっぽう、ブローティガンは、言語起源説をいくつか引用したあとで、かねがねマヨネーズということばで終る小説を書きたいと思っていたという。そして、最終章。小説はマヨネーズということばで終る。マヨネーズということばは、おくやみの葉書きの追伸のなかに現われる。あるひとりの男の死と、日常性そのものである半流動体、マヨネーズが同居する。

『アメリカの鱒釣り』は、かくて、マヨネーズということばで閉じられる小説である。マヨネーズということばには、鯨ということばがもつ伝統も格式もない。作者はそういう小説を書きたかった。そして、書いてしまった。そしてわたしたちには、作者の笑う声がきこえてくるのだ。

＊

『アメリカの鱒釣り』がじっさいに執筆されたのは、一九六一、二年ごろだが、一冊の本となる以前には、「エヴァグリーン・レヴュー」や「シティ・ライツ・

ジャーナル」などの雑誌に、いくつかの章がばらばらに掲載されたらしい。一冊の本としてまとめられたのは、「フォー・シーズンズ・ファウンデーション」によるもので、一九六七年のことだ。「カリフォルニアの未開地」の章について話しあっていたら、かれは、「その山のすぐ下にあるミル・ヴァアリーの町ではね、当時、ちょうど映画『アメリカン・グラフィティ』の世界が展開されていたわけ。ぼくらは、ヒッピーみたいな暮しをしていたわけだけど」と話していた。新ライフ・スタイル万能時代のずっとまえのことである。

わたしは、『アメリカの鱒釣り』を十八回読んだというサン・ホゼ大学の学生（この人は大工でもある）に会った。また、『アメリカの鱒釣り』という小説は、意味やメッセージが全然わからないから、とても読み通せないとかなり怒っていた中年の婦人にも会った。『ビッグ・サーの南軍将軍』などは、かつて、ワイセツと非難されたが、いまや高等学校の副読本になっているということなどもあって、ブローティガンはもう第一線作家ということになるのだろう。

わたしが『アメリカの鱒釣り』をはじめて読んだとき、これは東部文学とはちがうという直感があった。ブローティガンはビートニクの作家たちの若い部分と同時代人であったはずだが、そして、ビートニクたちと、同じ時期にサン・フランシスコに住んでいたはずだが、どうも、一味ではないなと思った。

ケルアックにしても、ギンズバーグにしても、東からサン・フランシスコのノース・ビーチへ移って来たのだった。一九五八年ごろ、ノーマン・ポドレツは、ビートニク文学を「反知性主義の文学、野蛮の時代、魂の不具者」などとののしったらしい。このポドレツの威丈高な罵倒はともかくとしても、ブローティガンは東部の教養（そして反動としての反知性主義）、ソフィスティケーション（そして反動としての野蛮）からは、おそらく離れた場所にいたのだろう。

「ビートニクの時代には、どうしていましたか？」

「ぼくはね、ビートニクたちが来る以前からノース・ビーチに住んでいた。連中が来たんで、ぼくは引越した。あれを文学運動と呼ぶのなら、ぼくはその運動には参加しなかった。連中のことは、人間として、好きになれなかった」

〈俳句救急車〉
ピーマンや
ころがりおちたる
サラダ・ボール
だから　なんだっていうんさ？

（『ピル対スプリング鉱山の惨事』）

これは、ゲイリー・スナイダーに、と献辞のついた詩である。

『アメリカの鱒釣り』が執筆されて、もう十三年ほどになる。わたしはブローティガンの作品は小説も詩もだいたいみんな好きだが、かれの作品をいくつか読むのなら、『アメリカの鱒釣り』から始めるのがいいと思う。また、もし、ブローティガンの作品はひとつだけしか読まないというのなら、『アメリカの鱒釣り』がいいと思う。『鱒釣り』には、ブローティガンのいいところが、まとめてつまっているように感じられるからだ。

# 一すじの黒髪と紙屑籠

『ソンブレロ落下す――ある日本小説』はアメリカと日本で同時に出版されることになった。小説で原著と翻訳の初版が同時に出た、という例は他にもあるのだろうか?

ブローティガンは五年間に五つの小説を書く計画だといっている。一つ目が『ホークライン家の怪物』(一九七四年)、二つ目が『ウィラードとそのボーリング・トロフィー』(一九七五年、邦題『鳥の神殿』)、そして三つ目がこの『ソンブレロ落下す』である。彼は五つのフィクションの形式で実験的に書いてみたいのだ、という。『ホークライン』は怪奇小説、『ウィラード』はミステリー、そして『ソンブレロ』は日本小説というわけである。

「日本小説」という形式がどういうことを意味するのか、少なくともブローティガンにとってどういうことを意味するのか、作品が谷崎潤一郎への献辞を含んでいることなども併せていろいろと考えてみるのだが（原著では雪子はもちろんYukikoなのだが、『細雪』のことを考えて、作者の了解を得て、雪子という漢字をあてた）これはやっかいだ。

一週間ほどまえ、わたしはテルアヴィヴのディゼンゴフ通りにあるレストランにいた。昼食のために行ったときに働いていた中年の給仕が、夕食を食べに行ったら、まだ働いていた。でも、昼間いた苦々しい表情の初老のウェイトレスはもういない。きっと足が痛くて帰ってしまったのだろう。安息日の前夜で、夕食を食べにきている客の数は少ないとはいえず、店は忙しい。それなのに、給仕はその男一人きりらしい。彼は全体に小柄で、手足が短いようで、ひざを曲げて歩くから、なんだかひどく疲労しているように見える。前かがみになって歩きまわるから、客はそれを見ているだけで、つらいやるせない気持になってしまう。彼は折を見つけては、カウンターのところで煙草に火をつける。それを口の、ちょうど中央に差し込むような感じでくわえて、プクプクプクと煙を出しながら、またせかせかと店の中を歩く。相変らず前にのめるような恰好で。客はともかくもこの働きすぎ気味の給仕が煙草をふかす余裕を見出したことを、ほっとした心地で見守る。

そこへ三人連れの客が入ってきて、大声で文句をいう。さっきから外のテーブルで待ってたんだ。もう、ずいぶん長いこと待ってたんだ。それなのに一体どうしたことだ?! 注文さえ取りにこないじゃないか。忙しそうだから我慢してた。自分たちで汚れたテーブルもふいた。そして、じっと待ってた、もう半時間もだ。給仕は肩をすくめ、店主を呼ぶ。店主が奥から疾風のごとく現われ、「なんだと? 外で待っていた? この暑い夜に。店の中はエアコンも効いているし、見ろ、テーブルだってそこらじゅう空いているじゃないか。なんで好きこのんで、外のテーブルなんかに坐る必要があるんだ。おまえらはばかか?!」と答えたのである。

その翌日、やはり同じディゼンゴフ通りの、こんどはべつのレストラン。わたしは東ヨーロッパのシュテーテル（村落）時代のユダヤ人の食物として有名なチョレントと格闘していた。それは脂ぎった、胃腸に重くひびく食物で、これを食べたら昼寝をしないではいられない、とさえいわれているしろものだ。さて、わたしがそれと闘っていると、斜め向いの席に一人の老人がいて、ふと眺めればパンに玉葱の輪切りをたくさんのせて、それだけ食べている。よくそんなものが食べられるな、これも東ヨーロッパのユダヤ人の歴史的遺産であるか、とわたしは無礼にもジロジロ眺め続ける。老人はじつに平気で、パクパクと玉葱サンドを食べ続けている。とそこへ、ドアが開いて、百年も入浴したことがないような、まっ黒に汚れきった男が入ってきて、ワイワイワイとなにごとかをわめいた。玉葱食いはそれをきっと見据えて、ワイワイワイとわめき返した。すると、浮浪者風の男はさらにワイワイとわめき、ドアのほうへ戻り、そこでじつに大量の唾をペッとばかり吐いて出て行ってしまった。浮浪者と玉葱食いは兄弟だ、わたしはとっさに直感した。一人は青ざめた白い顔で玉葱のサンドイッチを食べ、一人は百歳でもないのに百年も入浴してないように見えるほどどす黒いが、この二人のあいだには明確な、まごうことなき類似が見出せると、わたしは確信した。玉葱食いは、この狂気の弟を、このまるでエリ・ヴィーゼルやアイザック・シンガーの短篇に登場する気狂いのモシェのような弟を、心から恥じているのだ。「モシェ、おまえ、おまえはいつまで俺に恥をかかせれば気がすむのだ？」と玉葱食いは弟にいったのである。弟は、「兄さんのような冷血は、やがてひどい目にあうのだぞ」といったのである。

弟が出て行ったあと、兄の玉葱食いはゆで卵食いに変身した。一枚の白パンのうえに、ゆで卵を横に二つに切ったのを、合計四つのせていた。彼がそれをじっと見つめると、四片のゆで卵は四つの小さな白い乳房のよう――。

わたしは以上の情景から以上のことを確信した。ところで、わたしの確信には根拠が全然ない。そこはテルアヴィヴで、人々はヘブライ語を話し、わたしが共有したことのない伝統と歴史を背負っていた。わたしには町のコンテクストが、ディゼンゴフ通りで泡のようにブクブクと起こることがらの背後にあるコンテクストがわからない。東ヨーロッパ、ユダヤ人村落、どの町にもいるという狂人のモシェなどを有機性のコンテクストのなかでとらえることは至極だ。断片的なシンボルらしきものは、おそらくは単なる記号となって、わたしの頭のなかを勝手気ままにとびかっていただけなのだと思う。

この思いが、じつは『ソンブレロ落下す』に現われる「一筋の日本の黒髪」のことに結びつく。わたしたちにとって、一本の黒髪とはなんだろうか？　ブローティガンが去る五月に東京を訪れたとき、わたしが『ソンブレロ』についての感想を述べたのにつられて、彼は、その一本の髪の毛の意味について語ってしまった。彼は、ユーモア作家が一本の髪の毛に溺れる姿は官能への執着そのもの、あるいは官能そのものだというふうに語った。わたしは、これはおそらくひどく不本意な告白ではなかったか、とそのとき思った。

一本の髪の毛が洗面台に落ちている、という情景は、わたしたち日本人にとっては、むしろ不潔な感じを与える情景で、失われた恋への情熱がいちどきに噴き出させるようなシンボリックな官能性をもってはいないように見える。官能そのものであるためには、髪の毛は「一房の髪の毛」でなければならないのとちがうか？　髪の毛が挑発的であるためには、細い蛇のように一本だけが転がっているだけではだめではないのか？　ただ黒髪がそこにありさえすればよい、というわけではないのだから。

わたしは作者の意図を解説するのはよそう、どのような作品の翻訳をしたときでもよそうと、とブローティガンと話していて思った。作品にいわば物体のようにして立ち現われてくる記号は、作者の意図などにおかまいなく、読者（わたし）のコンテクストのなかで自立的に意味をもってしまう。自立的に再生してしまう。

以上のように考えることが誤りでないとしたら、『ソンブレロ』の場合、事態はなかなかやっかいだ。この小説が「ある日本小説」という副題をつけられていること、谷崎潤一郎への献辞があること、さまざまなシンボルが用いられていることなどを考えあわせると、作者はわたしたちのコンテクストを借りて、自らの想像力を働かせた、といえそうなのだが、すると、そう考えたとたん、わたしたちは、わたしたちの実際のコンテクストと彼がわたしたちのものだと考えて借りたコンテクストとの不整合に落ち着きを失うのである。そのうえ、わたしたちは読者でもある。だから、作者のつもりであるコンテクストを丸ごと理解しようとするという作用もあって、不整合な状態はギシギシと軋んでやかましい。

それはそれで愉快なことだ。ただ、一筋の黒髪を求めて狂人のごとく床を這いまわる溺れるアメリカ人のユーモア作家の向う側にいるこちら側のわたしたちは、やはり「向う側」つまり向う岸の者たちとしての視線を簡単に投げ棄てるわけにはゆかない。「ある日本小説」と副題をつけた作者の行為は、わたしたちの視線の前で丸裸だ。

ソンブレロをめぐる争いによって起こされた暴動の世界は、主人公の部屋にある紙屑籠に転がっている世界である。棄てられた紙片はそれ自身の生命を持つようになった。そこでは、明らかな理由もないのにソンブレロが空から落ちてきたり、最初は、黒い、と描写されたそのソンブレロがいつのまにか白い、と描写されている。町の人々は「なぜ自分たちが暴動を起こしているのかわからなかった」し、「誰も彼も気がふれて」いて、「彼らには主張はなかった。彼らが求めたのは血だけである」、「群衆はさかんに声を上げる。彼らは血の味を知ってしまった」という具合だ。いっぽう、物語の枠になっている時間、つまりサン・フランシスコの十一月のある夜の十時から十一時十五分という具体的な一時間十五分の間には、紙屑籠のなかでは暴動が起こり、ユーモア作家は半狂乱になっているというのにもう一人の登場人物である日本人女性はただ夢を見て眠っているのである。夢は猫の喉を鳴らす音を原動力として作動している。そして、日本人の夢の時間は、一つの茶器が歴史の風雪を超えて変らずにあり続けるという時間で、「彼女の考えかたは基本的には単純だった」のだ、と記されている。

紙屑籠の世界の血と暴力とそして最終的な和解が、黒髪の、眠る女の時間と交じわることなく進行している。ユーモア作家である主人公は、この二つの世界を、経験している。血と暴力と集団的狂気の不条理の紙屑籠を背負う男は、永久に変ることもない茶器の世界、眠れる黒髪の溺れさす世界に心を奪われた。カントリー・ウェスタンの歌をつくることによって、彼はようやくのことで解放されるのである。溺れる情況をのりこえ、やがて彼は浮上するのである。めでたくも。いや、それとも、ユーモア作家はほんとうに気が狂ってしまったのだろうか？

# ペンキ塗るひと

数年前のこと、東京に留学できていたアメリカ人の若い夫妻に、アメリカではどこの大学に在籍していて、どの町に住んでいるのかとたずねたら、「イリノイ大学で、シャンペンという町」という答が返ってきた。二人はシャンペンという人口六万の小さな町からやってきたことを、何となく気恥しいことのようにいい、わたしはまたわたしで軽率に「そんな町聞いたこともないね」と笑ったりした。ところが、笑ったわたしは昨年からそのシャンペンに住むことになり、笑われた二人はいまは国際都市香港に住んでいる、収入もゆたかに。二人が休暇でイリノイ州に帰ってきた去年の冬、彼らはわたしの家を訪ねてくれたが、こんどは彼らが笑った。「おまえさんがこのようなところに住むことになろうとはねえ」

アメリカもおおかた大都市しか知らなかったわたしは、「このようなところに住む」ことになったことを喜んでいる。これまで知らなかった、べつのアメリカの日常の顔に出会うことができるから。人々との日常のつき合いから突出してくるものは、それなりに刺激的だ。揺さぶりをかけられることだってある。

たとえば、アイリーンのこと。

アイリーンは七十歳に近い女性。夫はもうずいぶん前に亡くなった。彼女は五人の子どもを生んだが、長男は二十三歳でベトナムで戦死した。娘（長女）の夫はある日ふいといなくなった。

アイリーンに会ったのは、ここへ移ってきた時に、家の中のペンキを全部塗りかえることが必要で、ペンキ屋さんとして紹介された時だった。彼女は壁を見て、貼ってあった壁紙の不潔さと穴や傷の多いことに驚いて、「まあ、ひどい、まあ、ひどい。こりゃ、やっかいな仕事」と大きな声でいった。それでも引き受けてくれて、蒸気で壁紙をはがす機械を借りてきてはがし、穴を埋め、傷を修繕し、あっという間に五室余りの壁を塗りかえてしまった。彼女は痩身ではない。ふとめなほうだ。脚榻《きゃたつ》や短い梯子にのって、時折「ふう」と息とも声ともつかないものを洩らして、どんどん塗る。腕を上げてペンキの刷毛を動かすと、ブラウスの裾がズボンから出て、大きな柔らかい背中の一部が白く見える。全然休まない。コーヒーなどを出しておいても、飲むのを忘れてしまう。「夢中になると、忘れてしまうのよ」という。

アイリーンのペンキ塗りのできあがりはすばらしい。手を抜かずに壁面の下準備をするから、塗り上がった表面は、建てられてから五十年もたった家の壁でも、まるで新築の家のそれのようになる。アイリーンの仕事のあとに、床にペンキが一滴、二滴こぼれ落ちて乾いてしまっている、というようなことは決してない。

彼女はもともとは壁紙を専門に貼る職人だった。「誰かのところに弟子入りして修業して習いおぼえたの」とたずねると、「そんなことしなかった、自分でだんだんにおぼえていったのよ。そしてプロになったのよ」という。それからペンキ塗りのほうも、同じようにしておぼえた。ペンキを塗っていると、壊れた窓枠をつい修繕してしまうことになったりもして、修繕だけでは間にあわず、新しいものを作ったりするようにもなり、そうなると、彼女に仕事を依頼する人々は、地下室の窓を二重窓にしてくれないだろうかとか、階段に手摺りをつけちゃくれまいかとか、相談するようになった。人々はアイリーンの仕事の秀逸さについての噂を耳にすると、「わたしのところもぜひお願いしますよ」と頼む。彼女をわたしたちに紹介してくれた人は、「アイリーンね、わたしがいまの家を買った時に、家に一緒に付いてきたの」と変ないいかたをするのだが、まあ、売り手がアイリーンを、最高の賛辞をもって推薦したということなのだ。

人々はアイリーンのすばらしい仕事に目を瞠るが、それだけではない。アイリーンの人格の高潔さと、人生の意味を見据える視覚の堅い、たしかさに心を惹かれてしまう。世話好き、というのとは違う。衰弱したからだや心を持てあます者たちが、「ねえ、なんかいってよ、いってよ」といっては、どかんとからだを当てていきたくなるような女性なのだ。べつに衰弱しているわけではない者でも、猫のように身を摺りよせていって、彼女の口から知恵と洞察にあふれる言葉が出てくるのを聞きたくなってしまうのだ。イリノイ大学の営繕課に雇われて、学生寮の食堂などの壁のペンキを塗りかえていた頃は、学生たちが寄ってきてどうしようもなかった。

「おばさん、どこで技術を習ったの？」

「おばさんは本物のペンキ屋かい？」

「ぼくがペンキ屋になりたかったら、どうしたらいい？」

「おばさんに相談したいことがある。相談してもいいかな」

学生たちは、ほとんどの場合、相談してもいいかとたずねもせず、あれこれと、身の上相談を持ちかけた。

「あの子たちは話を聞いてもらいたかった。誰か、相談を持ちかけられる相手がほしかった。あたしの姿を見ると、見も知らぬおとなのに、やってきては話しかけて」とアイリーンはいった——「でも、ついに大学の仕事はやめなければならなかった。学生たちに寮母にされかけてしまって、仕事ができなくなってしまったから。ペンキ塗りと寮母と両方はできなかったものね」

「あなたは少女の頃からいつも働いてきたの？」とわたしがたずねる。

「そう。ずっと働いてきたの。両親は百姓だった。あたしは長女だった。両親は馬のように働いていた。あたしは最初に生まれた子どもとして、最年長の子どもとして、やっぱり馬のように働いた。どうしてかしら。どうして、あんなに責任を感じたのかしら」

結婚して、子どもを生んでも、いつも働いた。女性も職を持つべきか？　とか、女性の生きがいとは何か？　とか、そんなのんびりしたことを考えてから働いたわけではない。生きるために働いた。ずっと働き続けた。妻と子を置き去りにして娘の夫が出ていったあとは、娘の子どもたちの面倒もずいぶん見てきた。その中の一人、孫息子のスコットは、アイリーンと一緒に仕事に出る。電気配線や溶接を学ばせながら助手にしている。「自分の子どもを育て終ったと思っていたのに、これじゃまた初めからやりなおしみたいよ」

「疲れたと感じる？」

「そういうのとは違う。独りでいたくなるのよ、この頃。それと、転んで肋骨を折ってからは、無理するのはやめるときめた」

「この間リンダとニーナと、ロックンロールを聴きにいったでしょう？　おもしろかった？」

「ミキサーを使ってるから、それぞれの楽器の音が聞き取れないのがよくない。音量の大きいのにニーナは参ってた。彼女、自分の息子のバンドなのにね。わたしがバンドを持っていた――」

「えっ？　バンドを持っていた⁉　あなたがギターを弾くとは知っていたけれど、バンド！」

「そう、自分のバンド持ってて、その頃におもにオルガンとピアノを弾いていて。シャンペンに移る前のこと。ここでも、バンドに入らないか、と誘われることはあるけど、時間がないから」


ある日彼女が向こうへ歩いていく後姿を眺めていた。後姿は彼女の年齢をより正確に表しているように見えた。肩が少し落ちて、膝が少し曲がり気味で、前から見るより小さく見える。それはたしかに七十年近くを生きてきたひとの後姿なのだった。刷毛を動かしたり、口笛を吹いてローラーを洗ったり、輝く目で話をしたり笑ったりしている前姿の中には見えない年輪。すると、わたしは彼女がベトナムで長男を失ったことを、強い痛みを感じながら思い返す。「あの子が死ななかったら、二人で会社をやるつもりだったのに。あの子が電気工事をやって、あたしがペンキ塗装をやって」という彼女の言葉を思い返す。戦争でなくても、子を、とりわけまだ自分の生きはじめたかはじめないばかりの子を失うことの親にとってのつらさはものすごいものだろうと思うが、戦争で遺骸も帰ってこないような死の場合は、死は、「死んだ」という通知とその後の不在の中にあるだけなのだ。つまり、生と死の間の、心理の区切りをつけようという身振りであるところのお葬いや服喪の機会を奪われた肉親には、永遠の喪が続くのである。その意味で、アイリーンは喪服を着けていないが、いまだに喪に服している母である。労働着の下に、永遠に続く喪である。

そのことは、ベトナム戦争で死んだアメリカの兵士の多くが、アイリーンの長男のように、労働者階級の青年たちであったことを、ふたたび思い起こさせる。軍隊は貧しい階層の青年たちや黒人やスペイン系の青年たちにとっては、就職の機会であることが多い。徴兵されて行ったにしても、志願して行ったにしても、彼らの場合、それは同じことである。徴兵を免れるために大学生であればよかった時期にも、彼らはそのような特権を持たないことが多かった。黒人はベトナム戦争の兵士の主たる供給源である、と報道していた、もう十年以上も前のニューヨーク・タイムズの日曜版の付録誌のカラー写真の、子どものような顔の彼ら。「この彼らは死を賭して、親に食べさせているのだ」と思ったことを、もう一度考えてみる。そして、白人の場合は、アイリーンのような母親の子らが戦場へ行った。国のために戦ったはずであったが、帰ってきた兵士たちは、あの戦争は間違っていた、侵略戦争であった、という考えがもてはやされるようになっていることを発見した。それ以来、帰還兵たちは、戦場での経験の衝撃から立ち直れないままに、疫病に罹った賤民のごとき存在になって、口をつぐむことを強いられてきた。「恥ずべき侵略戦争」の兵士たちだから。そこで、多くのアイリーンたちは、息子を二度死なせることになってしまった。葬いのない死と、不名誉な行為に加担したことで、兵士であった事実すら抹殺されかけて。

そのようなことも含めて、アイリーンの、ひとりの女性としての、またひとりのアメリカ人としての生は、アメリカの社会の階級性や、労働階級の自己再生産や、アメリカの白人の基本的価値観を体現している。けれども、彼女のような人々のことは、日本で暮している時は見えにくい。突出してくる現象を作らないから。ニュースや文化事象を解説してくれる日本のセンセイがたの射程には、なかなか入ってこないから。彼らはアメリカの「日常」の顔に属している人々なのだ。そして「日常」はおそらくもっとも把え難いものの一つだろう。

わたしは日常のくらしの中で触れることのできるものでも、触れたところで華々しい報告の書けるような対象ではないものにこころを惹かれる。わたしを「研究者」や「代弁者」や「解説者」にはしてくれない体験は大切だと思う。このことは、この四、五年に手がけた北アメリカの黒人女性作家の選集を編む仕事や、黒人女性からの聞き書を記していく過程でも強く感じたことだった。把え難く、すぐには日本語の文脈の中に翻訳しえないことがら、安易に移しかえてしまってはならないことがらの中に、こちらの意識の殻を突つき破る力がかくされていることがある。性急に「わかった」と思わないこと。誰かになりかわって説明するのではなく、自分は本当に耳をすませて聴くことができたかどうかを問うこと。

けれども、解説することや代弁することや研究発表のようなことをあまりおもしろい方向だと思わないわたしのような者は、どのような言語を探しているのだろうか。黒人女性からの聞き書きにしても、日本人の読者、とりわけ女性の読者に、「生きかたを考える手引き」にしてもらいたい、というのが主な動機ではなかった。むしろ、ほとんどは「生きかた」をどうすべきか、とのんびり選択している余裕などなかった女たちが、困難と苦しみの生の条件を逆手にねじ上げて、自分を生み出していった過程を、こころを開いて語ってくれるのを聞いたわたしという個人の体験を、まず共有してもらいたいという衝動のほうが強かった。とにかく、声を聞いてほしいと。

アイリーンのことをちょっと書いてみたのも、そういうことなのだろう。こういう女性がいるんですよ、ということを伝え共有したかっただけだ。「アメリカの女性はいま……」というように概括的なことをいうのは、やはりどこかで知らないことまで知ってる振りしてるようで、いかがわしくなってしまうから。まあ、些細な話がつもりつもって、そのあとにある程度普遍性を持つ女性像が立ち現われてきたらもうけものだが、この小さな町のことでは、日常の暮らしの中に、時折やや非日常的にきらきらするものを探すことのほうがおもしろい。

# たましいの遺産

　ここ数年、北アメリカの黒人の女性たちからいろいろな話を聞かせてもらう機会を持った。わたしはその間おもに東部に住んでいたのだが、紹介された女性をたずねて、南のジョージア州やミシシッピー州へも旅をした。そのようにして多くの時間を費やすことになったわけは、彼女らをたずね歩くことは、決して単なる好奇心からではないと、ひそかに確信していたからだったと思う。はかり知れぬ教えを受けることになるだろう、という強い予感があったからだったと思う。

　そしてそのような予感はあたっていた。わたしは彼女らの話を聞くことで、底辺におかれた女たちが「生きのびる」という言葉を発する時には、そこには人間としての尊厳を失わずに生き続けるという意味がいつも含まれていることを学んだ。あらゆる者たちから圧迫される自分たちを「この世の騾馬」と定義した彼女たちは、とぎれることなく続いた試練の数百年間を、闇の夜に炎をともすようにして生きてきたのだ。

ここに書き記すのは、ヘレン・ブレホンという女性からの聞き書きである。ヘレンはトニ・ケイド・バンバーラという作家の母堂である。わたしがヘレンを訪ねようと思った理由は、娘のトニが次のように語った言葉に強くこころを動かされたからだった。

「よその家へ行ってはいけません、といわれていたけれど、もちろんわたしは行った。よその家とわたしの家の違いで気がついたのは、よそでは子どもの私的な空間、子どものプライバシーをおとなが尊重していないということだった。これはわたしの家では見られないことだったからなのね。よそでは子どもがぼうっと何かを見つめているような時は、何もしていないのだという前提なの。だから使いに行ってこい、とか、そこらを箒で掃けとかいうことになる。けれどもわたしの母はわたしがぼんやりと夢みることを、たいへん尊重してくれたのね。いまでもはっきり憶えてる。子どもの時、台所の床に座って、何かごちゃごちゃ書いていたのだけれど、母は家の掃除をしていてね。モップとバケツを下げて台所へ入ってきたのだけれど、わたしは気がつかなかった。そこをどきなさいとか、台所から出て行けとわたしにいうかわりに、母はわたしの坐っている場所のぐるりを雑巾がけしただけで行ってしまった。わたしはそれを忘れることができないのよ」

ヘレンを訪ねたのは一九八〇年七月のある日曜日の朝だった。多くの羽虫がぶんぶんと唸るヘレンの庭は、その日がまたむし暑く、息のつまるような日になることを予告していた。冷たくしたメロンと桃の盛られた大皿を前に、わたしはヘレンの話を聞いていた。

ヘレンは七十歳をとうに超えている。

けれどもヘレンのくらしは暇なくらしではない。十一歳で孤児になってから、いつも自分の手で限界をぐいぐいと押し広げて生きてきた生命力は衰えるどころか、いまや、さらにしなやかにのびのびとしているとさえ感じられる。

ヘレンはジョージア州のアトランタに生まれた。父はコックで、母は白人の家の家政婦だった。母が住込みで働いていたので、ヘレンは母と一緒に暮したことはなかったのだという。一度も。八歳の時、祖母についてニューヨークへ行った。祖母はやはりメイドとして、家政婦として働くことを仕事にしていた。ニューヨークでは、祖母は自分の住居から仕事先に通っていたが、ヘレンはその祖母と同居はしなかった。そのかわりに、祖母が働いていた白人家族のところに住んでいたという。働いて。祖母が再婚したのだが、彼女は祖母の新しい夫が好きになれなかったからだと、ヘレンはいった。

「働くのがいやだと思ったことは一度もなかったのね。働くことから多くを学んだと思うの。ただどれほどわずかな睡眠しかとっていなかったか、そのことには気がついていなかったの。

母は考古学者の家庭で働いていて、中国や日本へも行っていてね。そこでいろいろな刺繍を習ってしまったのよ。当時黒人の間にはそのようなことを知ってた人はほとんどいなかったでしょうね。通常の掃除や料理という仕事の他に、母はその白人一家のリネン類に刺繍したり、いろいろやっていたわけね。女中の給料を貰うだけで。その母はわたしを訪ねてくるたびに、できるだけのことを学び習うんですよ、お金のことなんかに気を取られていちゃいけない、学びなさい、習いなさいよ、といってね。だからわたしは働きながら料理や裁縫をどんどん習ったの。睡眠が足りないことよりも、どれほど学び習っているかということばかり気になっていて。母は東洋の美術をずいぶん学んで帰ってきた。ほんとに時代に先駆けたひとだった。オートハープも独習で弾くようになったし、油絵も画いてね。

父も創造的なひとだった、アトランタで『ダーキーズ』という会社で働いていた。マヨネーズみたいなソースを製造して売っているけれど、それは父の発案したものでね、母はあなたのとうさんは有名なコックなんですよ、ずいぶん自分で創作した料理も多いのよ、その一つを『ダーキーズ』に教えてやるつもりだといっていた、といってね。それで父が金持になる、とはいわなかった。母はお金のことを云々してたわけじゃない。結局会社は父の名を出しもしなかったけれど。でも母は『ダーキーズ社』が売り出したのは、父のソースだったと確信していた。わたしは好きじゃないけれど、そのソースはたしかに父がわたしが同居させてもらっていた大祖母のところへよく持ってきたものだったの。たいしたコックだったと皆はいっていてね。父と母の出会いも、父がある裕福な一家のコックをしていた時のことだったのね」

ヘレンは、母と暮したことは一度もなかったとふたたび繰り返していった。木曜日の休日にだけ会ったと。日曜日に会うこともあったけれど、「神聖教会」という宗派に深くかかわっていて、彼女に会いにきても、間もなくそそくさと出かけてしまったと。べつに恨みをこめてそう話すわけではない。ただそういう事情だったし、その上その母も若くして死んでしまったしで、自分は家庭生活というものを知らずに育った、といおうとしているだけである。娘のトニは、そのことでヘレンは、二人の子どもたちには家庭らしい家庭を作ってやれなかったのではないかと、どこかで自信のない思いをしているようだ、と話していた。

けれどもヘレンは子どもたちに自由な精神の大切さを、飽くことなく学ぶことのよろこびと、物質的な豊かさとは無関係なたましいの豊かさの意味を教えることによって、かけがえのない贈り物をしたのだった。そのようなくらしの態度、人生に対する姿勢はまた、ヘレンの母がヘレンに残していったまたとない遺産でもあったようだ。家政婦をしていたヘレンの母は、しかし、時代に先駆け、自らの土地を手に入れることまでした女性だった。黒人は怖れて、そのようなことを企てなかった時代のことで、その結果白人の反感を買い、家は焼かれたが、それでも彼女はへこたれず、二度同じことを試みた。アトランタのバスの前扉から乗り込み、降りる時にはまた前扉から降りた、ということもあった、黒人は後扉から乗り、後座席に坐り、後扉から下車せよ、とされていた時代のことである。車掌が「おいクロンボ、クロンボは前から乗り降りしちゃならないぜ」というのを無視してそうしただけではない。降車する際、彼女はつかつかと車掌に近より、ズボンをつかんで彼をバスから文字通りつまみ出したという話である。ヘレンはその話を当の車掌から聞かされた。すぐれたコックであった父は博打も好きで、母のためた金に手をつけることが多かったのだが、ついに怒った母は父の首根っこと腰に手をかけてやはり文字通り「つかみ出してしまった」とヘレンはいって笑った。

そのような母はヘレンが十一歳の時に死んでしまった。父はすでに亡かった。ヘレンは孤児になり、ニューヨークでメイドをしながら中学、高校と行き、ジョージア州の大学へも独力で行き、最後にはふたたびニューヨークへ戻ってコロンビア大学でジャーナリズムを学んだほどである。自らの身を養い、守り、しかも勉学への欲求をすてることもなく生き通し、生きのびた少女の時代の話は聞く者のこころを動かさずにはおかない。けれども、同時に、一緒に暮すこともなく、しかも若くしてこの世を去ってしまったヘレンの母が、じつは誰にも打ち砕くことのできない堅固な遺産をヘレンに残して行ったことにも、目をみはるのだ。抱いてかわいがることや、近くにいて身のまわりの世話をしてくれることのなかった母は、またとないたましいの遺産を残していった。母自身の生きかたを示すことで。女中あるいは家政婦という身分の中に閉じ込められることを拒み、たましいをつねに羽ばたかせ、学び習うことをあきらめることのなかった一人の黒人の母の生きかたそのものが、形見となって残された。それは一人娘のヘレンに受け継がれ、ヘレンは二人の子どもたちにさらにそれを手渡した。目には見えない遺産、差別や圧迫や貧困によっても破壊することのできない遺産である。

「給料なんていうものはなかったのよ」とヘレンはいった。母が死んで、彼女はそれまで母が働いていた家庭で、それまでの母の仕事を引きついでやることになった、という話をしていた時のことである。「えっ、何の支払いもなかったのですか」とわたしは信じられずにたずねた。「とんでもない。部屋と食事とお古の服をもらっただけよ」というのが答だった。「でも学校へ行くのには、バス代とかノート代とかが必要だったでしょう?」とたずねると、「その家の主人たちがお客を招くでしょう?　禁酒時代の真最中だというのに、お酒がたくさん出てね。

お客たちは酒を呑むと、チップをくれたものなの。十ドル、とか。わたしはエプロンには必ず二つポケットをつけるようにしてて……女主人はわたしを客たちに紹介して、チップを渡すようなことを奨励するような風でね」とヘレンはいった。「そういう風にしてもらったチップをためてね。銀行に預金口座を開いて。大学へ行く頃には千ドルぐらいはたまっていたの。わたしはワシントン・アーヴィング高校へ通っていたのだけれど、バス代以外にはべつにお金を使うことはなくてね。他に唯一のぜいたくは、学校の帰り道に必ずソーダ水の店へ寄ることで、そこでバタースコッチ・サンデーを食べたものだった。そのおいしかったこと！　死ぬまであの味は忘れられないと思うのよ。

家族がいない、というのは奇妙なことだった。たしかに学校の通信簿に目を通した、という署名をしてくれる親がいないのだから、自分で署名してね、架空の名を作って。学校では、これは一体誰かね、ときかれるから、わたしの後見人ですよ、と答えてね。とてもおかしな生活だった。でもわたしとしては、ともかく高校を卒業することしか眼中になかった。でも高校を終えたら大学へ行くつもりだ、と女主人にいったら、即座に首にされたの。すっかり腹を立ててね。だからわたしは大学はアトランタへもどってきて、クラーク・カレッジへ行くことになったの。アトランタでは、学生の下宿をやっているいとこのところに身を寄せて、学生の食事を作るからということで、部屋をもらい食事をさせてもらって、二年間大学へ行ってね。それからオルバニー州立カレッジで教えたのだけれど、わたしには学位はなくて、教員免許しかなかったのだから、これは大変な例外だったわけね。

その後ふたたびニューヨークへもどって、奨学金がもらえることになったので、コロンビア大学のジャーナリズム科へ行ってね。二年制の課程だけれど、三年かかってそれを終えたのよ。当時コロンビア大学は黒人に対して反感を持っていたばかりか、女子学生なんか全然いないという時代だった。高校の英文学の教師が目をかけてくれて、奨学金をもらってくれたの。白人の教師だった。黒人の教師なんかほとんどいない時代だったしね」

コロンビア大学に通っている頃も働きながらそうしていたのだから、あなたは眠らなかったひとなのではないですかとたずねると、ほんとにそうだと彼女は答えた。いまでも二、三時間しか眠らないと。長年の訓練のせいかもしれない。子どもが二人できてからのこと、ある時医者のところへ行って、眠れないのですが、どうしたらいいでしょうかと相談したという。医者は、あなたの日常生活のスケジュールはどのようになっているのかいってみなさいといった。答は「日中は代用教員をやっています。夜は郵便局で働いています。日曜日は教会でオルガンを弾いています。それに聖歌隊の練習の伴奏も……。子どもたちは学校へ通ってます……」疲れた、と感じることはない、とヘレンはいう。退屈だ、と感じることはあっても。

コロンビア大学を出て、ヘラルド・トリビューン新聞社に就職して、整理編集デスクで一年働いたが、そこへ経済大恐慌がやってきて解雇された。その後なんとかある会社の経理係の仕事についたが、その会社もそう長くは続くまいという情況だった。社長はヘレンに公務員の資格試験がある時には、なんでもいいから受けなさいとすすめた。ちょうど郵便局員になるための資格試験がある、ということで受け、百点満点で九十六・五点という点を取った。彼女の雇用の順番がまわってくる二名前ぐらいで、郵政省は雇用名簿を凍結した。一九三六年のことで、ヘレンは長男をうんだ。

彼女は代用教員をやり、料理の仕出しをした。夫は帽子工場で働いていたが、公務員資格試験を受け、交通局に勤めるようになった。

一九四一年には、ヘレンもようやく郵便局に就職できて、それ以後、三十一年間勤続した。その中の十七年間は郵便局は夜勤で、同時に昼間は代用教員の仕事も続けていた。十七年たつと昼間の窓口に出るようにいわれ、そこで代用教員の仕事はあきらめなければならなかったという。

「人々はね、あなたは正式の教員になる資格だってあるのに、なぜ郵便局で働くのかといつも不思議でたまらない、という顔できいたものよ。わたしには社会的地位とかそういうものはどうでもいい、自分がしあわせかどうか、それだけが関心事なのね。郵便局の仕事はとても好きだったの。窓口のあとは、局員の作業時間を記録する係になって、六〇年代の終りにスーパーバイザーになった。それまではスーパーバイザーになるには袖の下みたいなことしないとだめだってことになっていたけれど、その時は試験をしてその成績だけで決めると発表されてね。試験を受けて、長く待たされたけれど、ようやくスーパーバイザーになって、百三十八名の郵便配達員を監督することになったの。彼らは皆わたしの息子みたいなもので、わたしは仕事がほんとに楽しかったのよ」

　夜も昼も仕事をしていて、週末には教会でオルガンを弾き、子ども二人を育てていたヘレンは、その上「わたしは学校に行っていなかったという時期はなかったのよ」という。

「たしか一九四八年だったかしら、ニューヨーク大学で数学の修士号を取ったのね」

　退職してからは老人クラブへくる人々にダンスを教えたり、体操を教えたり、ヴァラエティ・ショウをやったりしてきた。ベリーダンスも習って教えたし、太極拳も習った。ジャズピアノを勉強して、ジャズバンドも作ってしまった。老人クラブへ車椅子に乗ったり、杖をついたりしてくる人たちは、からだを動かしたいと思うほどおもしろいことがないから、そうやって暮しているのよ、という。老人クラブでダンスを教えたら、車椅子に坐っていた老人が立ち上ってしまった例はいくつもあるのだという。

このようにヘレンはいのちの限りを生きている女性である。みじめな暗い蔭などありはしない。けれどもアメリカにおける人種差別のことをたずねれば、いくつでもおそろしい体験を持っていることがわかる。黒人であるからといって、決して演劇には出演させてもらえなかった学校時代のこと、クラーク・カレッジ時代の黒人に対する警察暴力の記憶、母が白人から袋叩きの目にあったこと。店では黒人は服を買うにも試着を禁じられていたこと、劇場では裏階段から昇って入ったこと。旅行してもレストランに入ることはできなかったこと。「唾を吐きかけられたこともあるのよ。それ以上の屈辱はあるかしら」と彼女はいった。フロリダでは私刑《リンチ》された黒人がコールタールに浸されて、その上に鳥の羽毛をつけられて、木から吊されている姿も見た。白人に焼き払われる黒人の家のこと……。翳《かげり》のない人生ではないのだ。けれどもヘレンはある種の内なる力、内なる炎のようなものに支えられて、頭《こうべ》をたれずに生きてきた女性である。差別も貧困も年齢もついに打ち砕くことのできなかった高潔と尊厳と希望に支えられてきた女性である。ひろびろしたこころを持って、かぎりない自由のたましいに導かれてきた。

そのヘレンには一人の九歳になる孫娘カーマがいる。ヘレンとカーマはいつも一緒で、球突きに行ったりもする。わたしはカーマもまた、女たちのたましいからたましいへと受け渡されてきた遺産を受け継ぐことになるのだろうと思っている。

# あとがき

この一巻におさめられた文章の執筆の順序は、収録の順序とはちがっている。「ウィラード盲目病棟」の中のものと、「ペルーからきた私の娘」は、ニューヨーク州のイサカという小さな町に住んでいた、およそ二年ほどの間に書いた。それは一九七八年から八〇年まで。そのあとは、東京に一年たらず帰っていた。

東京の次は、カンサス州のローレンスで、そこに一年。それから一九八二年五月にイリノイ州のシャンペンに移って、いまも居住地はそこになっている。「ペンキ塗る人」と「たましいの遺産」はシャンペンに移ってから書いた。

ブローティガンの『アメリカの鱒釣り』についての文章は、お気づきの読者もあると思うが、執筆時期はもっとも古くて、一九七五年だった。

こんどのような形でひとまとめにしてみると、おおかたは、どこに発表しようというはっきりした意図を前提にしないで、どこか、発表にふさわしい場を与えられた時にだけ発表したい、という気持で書いていたものだったことがわかる。

そのことは、わたしを自由にしてくれた。

文章を書くことについての徒弟時代のようなものは、たいていだれにでもあるのだろうけれど、わたしのそれは、もしかしたら、『アメリカの鱒釣り』のほん訳にとりかかった時にはじまったのかもしれない、と考えることがある。なんらかのできごとや体験そのものと、それについて〈記す〉こととの間にある遠い距離について、わたしは、一人の作家のおこなった〈記す〉という営為を、もう一度べつの言語に置き換えるという作業を体験することで理解するようになったのではなかったか。ほん訳という、肉体労働に似たところもないわけではない作業の中で、〈記す〉ことが要求するしんどさを知ったのだし、同時に、一つの規律とも呼ぶべき態度についての意識を得たのだったから。

まことに、わたしは、家族をはじめとして、さまざまな友人、知人たちにささえられ、生かされてきた。ここで謝辞をのべるべき人びとの数は、本書のページ数に比して多すぎるので、もういっそ、だれの名もあげないことにする。わたしは生まれてこのかた、いろいろな時に、いろいろな形でわたしをささえてくれたすべての人びとに感謝したいのだから。

一九八四年五月十三日　　東京にて

解説

# 聞くことと聞けぬこと、その奇蹟について

榎本空

藤本和子を読んだのは文庫版の『塩を食う女たち　聞書・北米の黒人女性』が最初だった。当時わたしはアメリカ南部の大学街に住んでいた。あれはジョージ・フロイド後のアメリカで、ブラック・ライヴズ・マターという叫び声はもはや止むことはないようだった。街々が破壊され、怒りがストリートに充満し、デモが連日続く。そんな眼前の光景におろおろとするわたしはよそ者で、しかしそのような存在として、米国黒人の経験について、わたしが学んだ黒人の神学者について、書こうとしていた。どうやって？　かれらの代弁者となるつもりはなかったし、かれらの研究をするつもりもなかった。そうできなかったのだ。

「わたしを『研究者』や『代弁者』や『解説者』にしてくれない体験は大切だと思う」。藤本和子は書いているが、もしそのような経験がわたしにあるのだとしたら、

それはハーレム近くの小さな神学校の小さな教室で見聞きしたことにほかならなかった。それなら書けるかもしれない。あの教室で黒人の学生らがいかに贅沢品ではない議論を交わしていたか。黒人の老神学者が用意してきた原稿を読み上げるときに、教室がいかに震えていたか。そしてかれらの痛みにもたたかいにもよそ者のわたしが、そのような者として、教室をともにするということの意味。

あの極小の空間には、黒人の生を天候のように覆い尽くす四百年の惨憺も、そのただなかにあってかれらがどうやって己の生をつかみ取ったかも、生きのびるという行為がいかにささやかで、日常の一つひとつの何気ない瞬間の奥底に隠されているかも、すべて込められていた。わたしはそこにいつつ、そのうちの一人ではなかった。

そんなよそ者として書くという大海を漂うようなよるべない行為にあってたしかな浮標となった一人が、アメリカを駆け回り黒人の女性の話を聞いた、しかもそれを「無色透明のわたしが耳を傾けるのではなく、自分は誰なのか、と問い続けながら、わたしをつくってきた私的な体験や、歴史の背景や、にほん人としての意識の質を問い続けながら」(『塩を食う女たち』、「あとがき」より)聞いた、藤本和子の姿だった。「とにかく、声を聞いてほしいと」。わたしもやはり、そう思った。

＊＊＊

『ペルーからきた私の娘』は、一九八四年の作品。ただしそれぞれのエッセイが書かれた時期はばらばらで、テーマもブローティガンの解説――『アメリカの鱒釣り』に収められた名高い訳者あとがき――から、ヘレン・ブレホン――『塩を食う女たち』という表題のもととなった*The Salt Eaters*を書いたトニ・ケイド・バンバーラの「母堂」である――の聞書まで多岐にわたる。

二〇二三年秋号の『文藝』で組まれた藤本和子特集では、ブローティガンの翻訳者としての藤本和子と、黒人の女性の聞書をおこなった藤本和子という「ふたりの藤本和子」がおり、「長いこと両者はたがいに交差することがなかった」（三六一頁）と指摘されているが、その意味においてこのエッセイ集はふたりの藤本和子を一度に見晴らすことのできる地図のようなものとなるのかもしれない。

そうなのだとしたら奇妙で、複雑な地図だ。大事件は起こらない。出来事未満の、藤本和子によって照射されなければけっしてわたしたちがそれを出来事として認識することはなかったであろうくらしのかけらが、彼女にだけ可能な筆致から立ち現れる。からっとしていて、権力を持つものに批判的で、どこかとぼけているようで、踏みつけられたものの、特に女たちの苦しみと、しかし抑圧だけには規定されぬ喜びや強さ、つまり生そのものの複雑さに敏感で、文字には残らぬ記憶の方へと引き寄せられて、そしてうつくしいものへの感嘆を隠さずに――表題の「ペルーからきた私の娘」を読むまで、わたしは藤本和子のそんな一面を知らなかった、「うつくしいこども。天のヤエル」。

そうして彼女の言葉に導かれるままに、道行く人々と出会いつつページをたどって行けば、たどり着くのは思いもよらぬ地点だ。田川さんはどこかで誰かに「スパゲティ・スクワッシュ」のうんちくを鼻高々に語ってしまったのではないか、ポール・ラドゲイトはケチャップ抜きのオムライスを食べることができただろうか、ヘンリーはまだあの地下室でうんうんと、サイドビジネスに励んでいるのではないか、もしかしたらあのとき食べたフォーチュン・クッキーも……　そう気になるほどに、見知らぬ人々を近くに感じてしまう。

藤本和子は書いている。「わたしは日常のくらしの中で触れることのできるものでも、触れたところで華々しい報告の書けるような対象ではないものにこころを惹かれる」。

日常という空間。歴史からはこぼれ落ちる、日々の単調な、目にはつかぬ気の遠くなるような実践の積み重ね。そのような空間、時間に言葉の光を当てるということは、おそらく、藤本和子が黒人の女性の聞書を通して前景化させた「生きのびる」という行為と直接的にかかわっている。生きのびるとは、十年、二十年、百年、二百年という継続的な日常という空間にあって、押しつけられた条件の中で、それをへし曲げながら、生を即興的に繕っていくことだからだ。単に「肉体を維持」するだけでなく、「人間らしさを、人間としての尊厳を手放さずに生き続ける」（『塩を食う女たち』「生きのびることの意味」より）ことだからだ。

それは裏を返せば、黒人の苦しみを、女の苦しみを、隅におかれたものの苦しみを、歴史の例外とすることの拒否であろう。たたかいはニュースにならずとも、運動とならずとも、常にここにあった。それは災禍が常態であること、継続していることの承認であろう。人々のそんな営為にとどまり、「生きのびる」という実践に身を沈め、聞くところに、藤本和子の仕事があった。

『ペルーからきた私の娘』においても、「生きのびる」という言葉が印象的に使われている。三つのエッセイからなる「ウィラード盲目病棟」での一節だ。

「オキヤマさんはそれらすべての変遷を生きのびてきた」

「ウィラード盲目病棟」は、聞くことを仕事とした藤本和子が、耳を傾けるというあらゆる努力にもかかわらず、聞くことのできなかった物語。異国の精神病院に六十年間入院していた日系移民のオキヤマさんは、誰とも口をきかない。日本語であれば何か話してくれるのではないか。話し相手にでもなろうと彼のもとを訪れる藤本和子は、日本茶を持っていったり、まぜずしを用意したり、能楽のテープを聴かせてみたり、あの手この手でオキヤマさんの口を、記憶を開こうとするのだが、そんな努力はことごとく失敗に終わる。奇蹟は起こらない。オキヤマさんは、重たい口を閉じたまま精神病院の墓地に埋葬される。墓標に名前もないままに。だから沈黙に包まれた彼についてのたしかな事実は、彼を囲い込むべき病人へと変えた入院ファイルの数行だけになってしまう。番号だけになってしまう。

フタキ・オキヤマ（患者番号三七八八七）
（ユタカ・アキヤマ）
一八九一年二月二十五日生まれ。
フクオカケン　アサクラグン　アマギマチ

トウキョウキセン「サヌキ丸」にてニューヨーク上陸。
出船は一九一七年十二月二十六日。彼は船員であった。
本病院入院は一九一八年四月二十三日

「ウィラード盲目病棟」というエッセイはいくつもの推測から成り立っている。「だろうか」「のか」「それとも」「もし」、そんな未決の言葉がオキヤマさんの物語を前に進める。いや、前に進んでいるというよりは、たくさんの仮定や疑問が積まれていって、オキヤマさんの沈黙の形が、ひいてはそんな沈黙から成り立つオキヤマさんという人間そのものが縁取られる、と書くべきか。沈黙に声を与えることはできないが、それでも藤本和子はオキヤマさんの六十年という長い歳月を推測することをやめない。自由で、奔放な推測だ。オキヤマさんと看護夫だったモリス・ボンドとの親密で、もしかしたらクィアな――「たとえようもなく特別な絆」――ケアの瞬間にまで推測の羽が伸びていくのだから。

　そうして推測を尽くした上で、藤本和子はオキヤマさんの無言の生涯そのものを生きのびるという言葉に仮託するようにして、書く。

「オキヤマさんはそれらすべての変遷を生きのびてきた」

代弁者でも、研究者でもない地点に自らの立ち位置を定めた藤本和子だからこそ書くことができた傑作エッセイだと思う。

聞くという藤本和子の営為のなかにあった、聞けなかったという体験。黒人の女性の膨大な聞書と、オキヤマさんの沈黙。はたして藤本和子には、あとどれほどの聞けなかった物語が、指の隙間からこぼれていった言葉が、その前でただ「歯ぎしりするような思い」でいた沈黙が、あったのだろうか。オキヤマさんの沈黙は、もっと聞くようにと彼女を駆り立てたのだろうか。もはや自ら語ることの叶わぬ無名の墓標の前にあって、推測するとはいかなる可能性の行為なのか。

そうして『ペルーからきた私の娘』は人の人生を書くという行為の限界と、それでもなお書こうとする藤本和子の執念、そこに立ち現れる聞くものと語るものの「奇蹟」にも近い関係について教えてくれる。

＊＊＊

藤本和子を読むとは、彼女が聞いたようにして、彼女の言葉を聞くということだろう。早急な答えを見つけようとするのではなく、問いのうちにとどまること、沈黙の前に立ち尽くすこと、音とはならぬ音に耳をすませること。そのような態度を学ぶということだろう。

こうして藤本和子の言葉に引き寄せられるわたしたちは、結局のところ、わたしたちが生きている狂気と、彼女が語るかれらが生きてきた狂気とがなんらかの形で関係しているという予感を、振り払うことができないでいるのだ。今ここの狂気に対して、藤本和子はどのような言葉を持っているだろうか、そう思いたくもなる。しかしそれは野暮な問いかもしれない。狂気は、すでに、これからも、生きのびられてきた。ただ聞けばいいのだ。彼女がそうしたように、聞きに行けばいいのだ。生きのびてきた隣の人々に。そうしてまた、ともに生きのびる、その方法を、練り上げればいいのだ。

藤本和子の著作を今につなげてくださった「塩食い会」の方々に感謝しつつ

榎本空（えのもと・そら）
一九八八年生まれ。沖縄県伊江島で育つ。伊江島の土地闘争とその記憶について研究している。著書『それで君の声はどこにあるんだ？』（岩波書店）、翻訳書ジエイムズ・H・コーン『誰にも言わないと言ったけれど』（新教出版社）、サイディヤ・ハートマン『母を失うこと』（晶文社）など。

著者について

**藤本和子**（ふじもと・かずこ）

1939年生まれ。早稲田大学政治経済学部卒業。リチャード・ブローティガン、トニ・モリスンの作品をはじめ多くの翻訳を手がけるほか、聞き書きをもとにしたエッセイの名手として知られる。著書に『砂漠の教室』（河出文庫）、『イリノイ遠景近景』『ブルースだってただの唄』（ちくま文庫）、『塩を食う女たち』（岩波現代文庫）など、訳書にブローティガン『アメリカの鱒釣り』『芝生の復讐』（新潮文庫）、トニ・モリスン『タール・ベイビー』（ハヤカワepi文庫）などがある。

**新装版**《しんそうばん》　**ペルーからきた私**《わたし》**の娘**《むすめ》

2024年4月30日　初版
2024年6月20日　2刷

**著者**　藤本和子
**発行者**　株式会社晶文社
東京都千代田区神田神保町1-11　〒101-0051
電話　03-3518-4940（代表）・4942（編集）
URL　https://www.shobunsha.co.jp
**印刷**　株式会社堀内印刷所
**製本**　ナショナル製本協同組合

ISBN978-4-7949-7421-1 Printed in Japan